KB137117

십일월

십일월

초판 인쇄 | 2022년 10월 25일
초판 발행 | 2022년 11월 1일

지은이 | 송은숙
펴낸이 | 신중현
펴낸곳 | 도서출판학이사

출판등록 : 제25100-2005-28호
주소 : 대구광역시 달서구 문화회관11안길 22-1(장동)
전화 : (053) 554~3431, 3432
팩스 : (053) 554~3433
홈페이지 : http:// www.학이사.kr
전자우편 : hes3431@naver.com

ISBN _ 979-11-5854-389-1 03810

울산광역시 | 울산문화재단
* 본 도서는 (재)울산문화재단 2022 울산예술지원 선정 사업의 지원을 받아 발간되었습니다.

십일월

송은숙 산문집

學而思 | 학이사

책을 펴내며

우리 삶이 우주의 질서 안에 자리 잡고

첫 산문집을 출간하고 얼마 뒤 어머니가 돌아가셨다. 그래서인지 전보다 자주 어머니 생각을 한다. 이번 산문집에 고향과 어린 시절에 관한 이야기가 많은 것은 그런 까닭이다. 가장 아쉬운 것은 어머니의 목소리를 녹음해 두지 못한 것이다. 가끔 목소리가 그리울 때가 있다. 사진은 몇 장 있는데 목소리를 들을 수 없으니 점점 그 소리가 희미해져 가는 것 같다. 글로 기록함은 기억을 붙잡으려는 더듬거림이다.

한 생명을 구하는 것은 지구 전체를 구하는 것과 같다고 한다. 모든 인류도 한 사람에서 시작되었으므로. 그러면 한 송이 꽃은 모든 꽃이고, 한 그루 나무는 모든 나무인 셈이다. 천지사방에 펼쳐진 광대무변의 인드라망! 작년 크리스마스 때 나사에서 쏘아 올린 제임스 웹 망원경이 머나먼 우주의 사진을 보내왔다. 그 가운데 별의 탄생과 죽음을 촬영한 것이 인상적이었다. 별은 죽을 때 중심부가 수축하면서 뜨거운 가스를 방출하고 그 가스에서 새로운 별이 탄생한다. 별의 나고 죽음이 사람의 나고 죽음과 다르지 않다. 지구도 하나의 별이라 생각하면 우리 삶이 무언가 우주의 질서 안에 자리 잡고 움직이는 듯해서 큰 위안이 된다.

그동안 여러 편의 시작 노트와 시평을 썼다. 더 보태서 한 권의 책으로 엮어볼까 하다가 게으름으로 그만두었다. 4부에 몇 편 실어 그 흔적만 남긴다.

수필을 쓴 계기를 마련해 준 김주영 기자, 울산신문의 강현주, 김미영 기자, 그리고 학이사의 신중현 대표와 직원들께 감사드린다.

2022년 가을

송은숙

■ 차례

1부. 의자

2부. 십일월

3부. 세상에서 고양이가 사라진다면

4부. 진달래꽃과 시인 기질과

1부

돌

꽤 오래되었지만 찰턴 헤스턴이 미켈란젤로로 나오는 〈아거니 앤 엑스터시〉는 지금도 화가의 삶을 다룬 영화들 가운데 수위로 꼽힌다. 우리말로 하면 '고뇌와 환희'로 번역할 수 있겠는데, 미켈란젤로가 시스티나 성당의 벽화를 그리면서 겪게 되는 고통과 희열을 다루고 있다. 흥미로운 점은 미켈란젤로가 화가가 아닌 조각가로 방점이 찍혀 있다는 것이다.

사실 미켈란젤로는 〈최후의 심판〉 〈천지창조〉라는 프레스코화로도 유명하지만 〈피에타〉 〈다비드상〉 같은 조각으로 더 유명하고, 자신도 화가보다는 조각가로 불리길 원했다고 한다. '회화는 영혼과 반대인 물질을 덧칠하거나 추가하는 예술이지만 조각은 제거하거나 깎아냄으로써 내적인 해방을 가져오고 영혼을 자유롭게 한다.'는 말에서 조각에 대한 그의 신념을 엿볼 수 있다.

그리고 사실 그의 조각은 입이 벌어질 정도로 자연스럽다. 이는 미켈란젤로가 천재 조각가이기도 하지만 조각의 재료가 되는 대리석의 특성 때문이기도 하다. 석회암의 일종인 대리석은 세공이 쉬워서 복잡하고 섬세한 조각이 가능하다. 표면은 얼마나 매끄러운지 피그말리온이 여인상을 조각하고 조각품과 사랑에 빠지게 된 것도 과장만은 아니라는 생각이 든다.

반면 우리나라에서 생산되는 화강암은 돌 자체가 워낙 단단하여 대리석만큼 섬세한 조각은 어렵다. 서양의 조각품처럼 조각하다가는 돌이 깨지고 부서져 남아나지 않을 것이다. 하지만 화강암이 많다고 해서 유감일 것은 없는 것이, 우리나라의 좋은 수질이 바로 화강암에서 비롯되었기 때문이다. 석회암이 많은 유럽이나 중국은 석회 성분이 물에 녹아 탁하고 물맛이 좋지 않아 맥주나 차茶가 발달했다고 한다.

그런데 생각해 보니 석회암과 화강암은 물맛뿐 아니라 거기에 깃들여 사는 사람들의 성향까지 변화시키는 게 아닌가 싶다. 석회암은 심해 생물이나 진흙이 쌓여 만들어진 퇴적암이고 화강암은 땅속 깊은 곳에서 마그마가 식어서 이루어진 화성암이다. 그러니까 암석이 만들어지는 데 하나는 물이, 다른 하나는 불이 작용한 것이다.

퇴적은 느리게 일어난다. 모래와 진흙 같은 작은 입자는 차곡차곡 쌓이고 오랜 압력을 받아 견고하고 단단해진다. 백여 년 동안 짓고 있으면서 아직 완성되지 않은 가우디의 사그라다 파밀리아, 성가족성당이 생각나는 돌이다. 화강암은 마그마의 냉각으로 이루어졌으니 퇴적암에 비해서는 빠르게 만들어진 셈이다. 그 만들어지는 과정이 빠르고 조급한 우리 민족의 성정을 닮았다.

하지만 화강암은 열기와 뜨거움을 견뎌낸 돌, 내부에 불의 기운을 간직한 돌이다. 2002년 한일월드컵 때 거리마다 넘쳐나던 붉은 물결이나 2016년 겨울에 광장을 가득 메운 촛불이 생각나는 돌이다. 조급하지만 단단하고 강인하며 열정적인 민족성이 화강암 같지 않은가.

물론 어느 돌이든 돌 그 자체에 좋고 나쁨이 있을 리 없다. 돌들은 저마다의 성질을 가지고 있으니 조각이든, 건축이든, 공예든 그 고유의 성질을 북돋우고 특성을 살리는 방향으로 이용하면 될 것이다. 그리고 사실 모든 돌의 기원은 아득한 지구의 시간대와 깊숙한 지구의 심장에서 하나이다. 돌은 불 속에서 만들어져 물속에서 다듬어진다.

'바윗돌 깨뜨려 돌덩이, 돌덩이 깨뜨려 돌멩이, 돌멩이 깨뜨려 자갈돌, 자갈돌 깨뜨려 모래알' 하는 동요도 있듯이, 돌은 결국 시간이 지나면 모래와 흙으로 되돌아간다. 그리고 모래와 흙은 오랜 시간 쌓이고 쌓여 다시 바위와 돌이 되니 속도는 아주 느리지만 돌도 물처럼 순환하는 셈이다. 그 지구적, 혹은 우주적 순환 안에서 우리는 "한 알의 모래 속에서 세계를 보고/ 한 송이 들꽃 속에서 천국을 본다."는 윌리엄 블레이크의 「순수의 전조」란 시를 이해할 수 있다.

한 알의 모래는 한 개의 돌이고 한 덩이의 바위이고 바위 속에 갇힌 영혼이다. '돌 속에 갇힌 영혼을 해방시켰다.' 는 미켈란젤로의 생각은 바윗돌에 부처를 새긴 신라시대 석공의 생각과 한가지이다. 그들은 사실 부처를 새긴 것이 아니라 돌을 깎아 원래 돌 속에 있던 부처를 캐내고 드러낸 것이다. 그리고 고대인의 주술적, 예언가적 기질을 물려받은 한 시인은 이렇게 노래했다. "한 여자 돌 속에 묻혀 있었네/ 그 여자 사랑에 나도 돌 속에 들어갔네/ 어느 여름 비 많이 오고/ 그 여자 울면서 돌 속에서 떠나갔네" (이성복 「남해 금산」에서)

그리스 로마 신화에는 대홍수로 인간이 멸망하기에 이르렀을 때 살아남은 데우칼리온과 그의 아내 퓌라가 돌을 뒤로 던져 인간을 다시 만들었다는 이야기가 전한다. 그들은 어머니의 뼈를 뒤로 던지라는 신탁을 받고 어머니란 대지이고, 대지의 뼈란 바로 돌이라고 풀이하여 신탁을 올바로 수행할 수 있었다.

인간은 원래 대지의 뼈인 돌이었다. 돌은 결국 부서져 흙이 되므로 인간이 흙으로 빚어졌다는 신화적 상상력과 다르지 않다. 그리하여 돌. 돌고 돈다. 아득한 물과 불의 시간대를.

두 영화

얼마 전에 〈월요일이 사라졌다〉라는 영화를 보았다. 제목을 보면 월요병에 걸린 샐러리맨의 바람을 영화화한 건가 싶은데, 실제 내용은 암울한 미래의 모습을 그리고 있는 일종의 SF 영화이다. 폭발적인 인구 증가로 물과 식량, 자원 등이 부족해지자 1가구 1자녀로 산아제한을 실시하고, 다른 자녀들은 이런 문제들이 해결된 뒷날에 깨어나게 냉동장치에 넣는 미래 어느 시대가 배경인데, 이 와중에 일곱 쌍둥이가 태어나고 할아버지는 쌍둥이 자매들에게 일주일의 이름을 붙여 몰래 키운다.

그녀들은 자신의 이름과 같은 요일에만 외출하며, 밖에서의 경험을 공유하면서 카렌 셋맨이란 한 사람으로 살아간다. 극심한 감시와 통제 속에서도 그런대로 잘 지내던 자매들은 어느 날 월요일이 집에 돌아오지 않으면서 심각한 위험에 노출된다. 뒤로 갈수록 액션 활극으로 변하고, 암울한 상황에 대한 해결책을 제시하지 못하고 끝나버리지만, 소재만큼은 기발하고 흥미로웠다.

이와는 정반대로 아이를 낳지 못하는 불임 사회가 배경인 영화도 있다. 알폰소 쿠아론 감독의 〈칠드런 오브 맨〉이 그러한데, 전 세계 모든 여성이 임신 기능을 상실하고 세상은 무정부 상태의 혼돈에 빠진 가운데 기적처럼 임신한 여성과 그 아기를 지키기 위해 분투하는 사람들에 관한 영화이다.

두 영화는 출산의 문제 외에도 여러모로 대조적이다. 인구폭발로 극단적인 산아제한을 실시하는 쪽은 감시와 통제가 만연하여 일거수일투족이 중앙에 보고되는, 빅브라더 같은 시스템이 지배하는 사회이고, 모든 여성이 불임에 빠진 쪽은 각 나라가 정부의 기능을 상실하여 테러와 폭동이 난무한다. 감시와 통제든 테러와 폭동의 무정부 상황이든 모두 음울하고 끔찍한 디스토피아적 세계이다.

어떤 영화는 종종 예언적으로 미래의 모습을 제시하기도 하는데, 예컨대 가상화폐나 가상현실, 인공지능, 기상이변 등, 그래서 이런 디스토피아적 영화를 보고 나면 무언가 불편하고 찝찝한 기분이 든다. 이것은 정말 인류의 미래에 대한 경고의 메시지인가? 만약 우리가 맞닥뜨릴 미래의 모습을 영화를 통해 유추해 본다면 어느 쪽에 가까울까? 혹은 두 가지 상황 가운데 어쩔 수 없이 한 쪽을 선택해야 한다면 어느 편을 들어줄 것인가.

우리나라의 경우, 저출산이 만성화되어 인구절벽을 걱정해야 할 판이고, 〈칠드런 오브 맨〉이 2027년, 불과 몇 년 뒤의 가까운 미래를 배경으로 한 영화라 아무래도 그 영화가 표현한 세계의 모습에 관심이 간다. 하지만 기술의 발전으로 보건대 실제는 몸속의 칩 안에 모든 정보가 저장되어 터치스크린으로 보이는, 카렌 셋맨이 살아가는 세상이 펼쳐질 가능성이 크다. 아니, 또다시, 시리아 내전으로 인한 피의 학살, 쿠르드족과 로힝야족 문제, 탈레반과 IS 등을 보면 폭력이 난무하는 세상이 인류의 미래 모습은 아닌가 우려되기도 한다. 물론 두 영화에서 그려지는 세상이 한꺼번에 펼쳐진다면 그것이야말로 지옥 중의 지옥일 것이다.

다만 어느 영화든 희망의 순간은 보여준다. 〈칠드런 오브 맨〉에서는 인류의 마지막 희망인 아기가 나타나자 군인들은 잠시 살육을 멈추고 경이로운 눈으로 아기를 바라보며 길을 비켜준다. 〈월요일이 사라졌다〉에도 인공 자궁 안에서 안전하게 보호받고 있는 쌍둥이의 모습이 나온다. 심지어 인간의 힘으로는 어쩔 수 없는 태양풍으로 지구가 멸망에 이르게 되는 재난 영화 〈노잉〉에서도 신적인 존재의 도움으로 두 남녀 아이는 안전한 다른 행성으로 이주하게 된다.

근래에 감상한 여러 영화 가운데 이 두 영화를 문득 떠올린 것은 요즘 들어 부쩍 저출산을 우려하는 기사들이 눈에 띈 때문인 듯하다. 오래된 아파트라 노인층이 많아서이기도 하겠지만 우리 아파트만 해도 아기를 보기 어렵다. 동네에서 유모차를 만나는 경우도 드물다. 척박한 땅의 소나무가 솔방울을 잔뜩 매달듯 생육 환경이 나빠지면 식물은 열매를 많이 맺어 씨앗을 퍼뜨리려

하는데, 사람들은 그와 반대로 결혼을 포기하거나 출산을 미룬다. 출산을 미루는 일이 기성세대 눈에는 저들끼리만 잘 먹고 잘 살려는 이기적인 행태로 비추어질지 몰라도, 젊은 세대에게는 인간의 본능까지 억누르는 힘든 결정일 수도 있다.

하지만, 그럼에도 불구하고 어느 사회에서든 아이는 여전히 희망의 상징이다. 듣기 좋은 소리 세 가지로 흔히 갓난아기 목에 젖 넘어가는 소리, 마른 논에 물 들어가는 소리, 아이가 글 읽는 소리를 꼽는데, 이 중 두 가지가 아이와 관련된 소리이다. 아무리 인간과 흡사한 로봇이 개발되고, 실제와 구분하기 어려운 가상현실이 펼쳐진다고 해도 정말 진짜인 사람과 같을까. 인류의 유전자를 남긴다는 것이 언젠가는 절체절명의 문제가 될 수도 있지 않을까. 그래서 〈칠드런 오브 맨〉의 마지막 장면에서 최후의 아기를 안전한 장소로 데려갈 배가 안개 속에서 모습을 드러낼 때 우리는 비로소 안도하게 된다. 아기의 숨은 꺼뜨리면 안 되는 프로메테우스의 불과도 같은 것이므로.

영화는 현실을 반영하지만, 현실 그 자체는 아니다. 그래서 우리는 영화를 보면서 현실의 어려움을 잠시 잊거나 그를 통해 위안을 받는다. 암울하고 절망스러운 미래를 그리는 SF 영화에서조차 우리가 위안을 얻는다면 바로 아이의 모습으로 보이는 마지막 희망 때문일 것이다. 그 아이들이 자라 갈 세상을 저렇게 만들지는 말아야겠다는 무의식적인 다짐까지 곁들여서 말이다.

비행기

비행운을 보면 지금도 가슴이 뛴다. 홀연 나타나서 하늘을 곧게 가로지르며 나아가다 뒷부분부터 솜털이 풀리듯 풀어지며 마침내 사라져 가는 비행운. 비행운은 소실점으로 멀어지는 철로 위를 달리는 기차나 항구를 떠나 먼바다로 나가는 배가 그러하듯, 우리를 어떤 머나먼 곳, 미지의 낯선 곳으로 이끈다. 기차나 배는 기적 소리와 뱃고동 소리로 출행을 알리지만, 비행기는 넓은 하늘을 지나며 어떤 출행의 소리를 낼까. 그건 아득한 허공의 일이어서 우리로선 알 길이 없으니, 소리 대신 머플러처럼 기다란 비행운을 그 흔적으로 남기는 것일까.

기차든, 배든, 비행기든 모든 탈것, 이곳을 떠나 저곳으로 움직여 가는 것들을 보면 무언가 설레고, 아련하고, 두근거린다. 아마 아득한 미지의 곳에 대한 그리움과 기대감 때문일 것이다. 어릴 때 아이 머리를 잡고 높이 들어 올리는 것을 '서울 구경' 이라고 했다. "서울 구우경" 하면서 들어 올려지면 그게 재미있어서 자꾸 해달라고 보챘다. 당시엔 서울 한 번 가는 게 퍽 대단한 일이었고 거의 평생의 소원이었으니, 아마 아이를 들어 올리던 어른도 가슴 한편엔 서울에 가보고 싶다는 일말의 소망을 품었을 것이다. 새롭고 먼 곳에 대한 동경은 사람들의 보편적 심리이다.

나는 오영수의 단편 「요람기」를 좋아하는데, 그 소설의 마지막 부분, "언제나 가보고 싶으면서도 가보지 못하는 산과 강과 마을, 어쩌면 무지개가 선다는 늪, 이빨 없는 호랑이가 담배를 피우고 산다는 산속, 집채보다도 더 큰 고래가 헤어 다닌다는 바다, 별똥이 떨어지는 어디쯤…."을 읽을 때면 늘 가슴이 먹먹하다. 젊은 날은 먼 곳으로 떠나고 싶어 얼마나 안달이 나는 시기인가. 그때의 우수와 동경이 잘 드러나기 때문이다.

어린 시절, 우리 마을엔 월남에 다녀온 이가 있었다. 해외여행이 자유롭지 못할 때라 외국이라면 아버지가 왜정 때 일본에 다녀온 것과 동네 아저씨가 만주에서 고생한 이야기가 전부였는데, 젊은 오빠(?)의 월남 이야기는 색다른 흥미와 기대감을 주었다. 일본이나 만주는 그저 말뿐이지만 월남 이야기는 그림엽서까지 곁들여져 우리의 상상을 더욱 부추겼다. 초록 논 위에 엎드린 삿갓을 쓴 농부들, 하얀 월남 옷을 입고 활짝 웃고 있는 아가씨들, 황금빛으로 빛나는 사원, 그리고 거기에 덧붙여지는 베트콩과 국군 이야기….

미국과 베트남의 관계를 알게 된 것은 훗날의 일이고, 어린 나에게 당시 월남은 그저 미지의 이국이었다. 이 먼 나라를 오갈 수 있게 하는 비행기란 얼마나 대단한 것인지. 나도 커서 비행기란 것을 타 볼 수 있을는지 하는 생각. 그땐 운행 횟수도 많지 않고, 동네가 공항 근처에 있는 것도 아니어서 어쩌다 하늘에 나타나는 비행운을 보면 그것이 희미하게 풀리면서 영영 사라질 때까지 고개를 젖히고 바라보곤 했다. 낯선 곳에 대한 동경은 그 이후 전혜린의 수필을 통해 절정에 달했는데, 독일에서의 유학 생활이 바탕이 된 수필집 『그리고 아무 말도 하지 않았다』를 읽으며 전혜린이 거닐었던 슈바벤 거리를 얼마나 열심히 그려보고 간절히 가고 싶어 했는지, 나중엔 헤르만 헤세의 고향이 슈바벤이란 사실을 알고 헤세의 작품을 탐식하듯 읽기도 했다.

그리고 생텍쥐페리. 내가 생텍쥐페리를 좋아한 것은 『야간비행』 때문이다. "밤은 어두운 연기처럼 피어올라 벌써 계곡을 메웠다. 계곡과 평야는 이제 구별이 되지 않았다. 마을은 벌써 불을 밝혀 별자리처럼 반짝임으로 서로 인사를 나누었다. 그도 손가락을 튕겨 날개 등을 깜빡이며 마을에 화답했다. 등대가 바다를 향해 불을 밝히듯 집들이 저마다 광대한 밤을 향해 불을 밝히자 대지는 반짝이는 호출 불빛이 신호가 점점이 박힌 듯 펼쳐졌다." 조감도처럼 펼쳐지는 이런 묘사는 얼마나 상상을 자극하는가. 나는 비행기를 타고 아래를 내려다보듯 불빛이 깜빡거리는 밤의 풍경을 눈앞에 그려보곤 했다.

내가 비행기를 처음 타게 된 것은 태국에 가는 첫 해외여행 때였다. 그동안의 기대와 달리, 의외로 매우 담담한 기분이었다. 이미 해외여행이 자유화된 지 오래여서 월남뿐 아니라 호주나 남미를 다녀온 소식도 심심찮게 듣는 터에 늦게 해외여행에 편승한 탓도 있겠지만, 「요람기」의 맨 마지막처럼 나도 어느새 "희비애환喜悲哀歡과 이비理非를 아는 나이"를 먹어 버린 것이다. 그러나 막상 이륙한 뒤 비행기가 눈부신 구름 위를 날고 있을 때는 감탄이 절로 나왔다. 하늘은 씻은 듯이 파랗고 구름은 운해雲海라는 표현에 걸맞게 끝없이 펼쳐져 있었다. 그리고 돌아올 때는 밤이어서 창밖으론 별들이 쏟아질 듯 반짝거렸다. 낯선 별들을 보며 저게 북반구에선 보이지 않는다는 남십자성인가 하며 창에서 눈을 떼지 못하였다.

『야간비행』의 주인공 리비에르는 "모험의 신성한 뜻을 이해하지 못하며, 그 참뜻을 왜곡하면서 인간의 가치를 떨어뜨린다고 생각하기 때문"에 그를 찬미하는 사람을 두려워했지만, 그러나 이럴 때, 그러니까 오로지 칠흑처럼 펼쳐진 어둠 속에서 별들만 징검다리처럼 흩어져 있을 때, 별들을 벗 삼아 광막한 하늘을 날고 있는 고독한 비행사들을 어찌 찬미하지 않을 수 있겠는가.

요즘은 비행기를 이용하는 사람들이 워낙 많아서 하늘에 펼쳐진 도시란 뜻으로 '시티 오브 스카이'란 말까지 나왔지만, 그래도 비행기를 조종하는 비행사는 여전히 대단해 보이고, 한일자를 그으며 사라지는 비행운을 보면 지금도 여행 가방을 챙겨 어디론가 떠나고 싶어진다.

의자

야산 기슭에 버려진 의자를 보았다. 1인용 갈색 비닐 소파인데 등받이 부분은 비닐이 뜯어져 스펀지가 비어져 나오고, 앉는 자리는 꽤 오래 사용한 듯 푹 꺼져 있다. 팔걸이는 반들거리고 색이 바랬다. 그런 의자가 잡목과 잡풀 사이에 버려져 있었다. 쓰레기를 무단으로 내다 버린 현장이지만 쓰레기 불법 투기라는 환경론적 측면보다는, 저것은 의자에 대한 예의가 아니지 않은가 하는 감정적 씁쓸함이 더 컸다.

오래 사용한 물건, 특히 앉는 곳이 꺼질 정도로 오래 사용한 의자라면 버릴 때(이 정도로 주인에게 봉사한 물건이라면 버린다는 표현보다는 헤어진다는 표현이 더 적합할지 모른다.) 좀 더 품위와 격식을 갖추어야 한다. 함께했던 시간을 떠올리며 의자의 몸체를 천천히 쓸어보고 마음속으로 안녕을 고한 뒤, 정해진 장소에 조심스레 가져다 놓아야 할 것이다. 의자는 그런 대접을 받아야 마땅하다.

무릇 의자란 앉기 위해 고안된 가구이다. 앉아 있되 이왕이면 편하게 앉기 위해 앉는 자리 외에 허리를 받쳐주는 등받이와 팔을 걸치는 팔걸이가 추가된다. 앉는 것은 선 것과 누운 것의 중간 형태이다. 서 있는 것이 청년의 자세라면 눕는 것은 노년 이후의 자세일 것이다. 앉는 것은 고된 노동과 풍파를 견뎌낸 장년의 자세이다. 그래서 사람들이 의자에 깊숙이 앉아 휴식을 취할 때 거기에는 몸의 무게 외에 그 사람의 삶의 무게까지 더해진다. 쉘 실버스타인의 『아낌없이 주는 나무』에서 노인이 된 소년에게 그루터기를 의자 삼아 내준 나무는 소년의 무게 외에 소년이 지나온 삶의 온갖 격랑과 희로애락의 무게까지 감내할 것이다.

며칠 전 배달된 문예지에는 권덕하 시인의 「파랑 대문 옆 의자」란 시가 수록되었는데, 거기에 "의자가 서 있다"란 재미있는 표현이 있었다. "의자가 서 있다/ 한 번 앉아본 적 없는 의자는/ 누군가 앉았던 그대로,/ 파랑 대문 옆에 서 있다" 의자는 서 있는가? 사실 '의자가 서 있다' 란 표현은 조금 낯설다. 길쭉한 모양새 때문에 전봇대가 서 있다, 바지랑대가 서 있다, 가로등이 서 있다는 표현은 사용하는 편이지만, 의자가 서 있다니? 하지만 의자엔 '다리' 가 있으니 서 있든 앉아 있든 하긴 할 것이다. 그리고 앉아 있는 것보단 서 있는 것이 의자의 역할에 더 걸맞다. 사람이 그 의자 위에 앉으면 그 사람을 묵묵히 받치며 서 있는 의자. 설령 비어 있을 때라도 누군가를 기다리며 종일 서 있는 의자. 그래서 의자, 하면 휴식이나 푸근함과 아울러 희생과 베풂의 이미지가 떠오른다. 어쨌든 사람은 의자에 앉고 의자는 그 사람의 무게를 고스란히 받으며 견딘다. 인고의 성자이다.

내가 의자에 앉아 본 것은 물론 학교에 입학하면서이다. 마루 끝에 앉듯 걸터앉아서 두발을 까불거릴 수 있는 의자는 나를 단번에 사로잡았다. 그래서 의자를 만들어 달라고 아버지를 조르기 시작했다. 아버지는 각목을 구해다 다듬고 못질해서 작은 의자를 하나 만들어 주셨다. 그런데 당시 책상은 앉은뱅이책상이라 의자와 짝이 맞지 않았다. 더구나 고등학교 시험을 앞둔 큰오빠 것이라서 함부로 할 수 없었다. 그래서 학교에서처럼 책상과 의자를 갖추고 그럴듯한 모습으로 숙제며 공부를 하리라는 기대를 접고, 의자를 처마 밑에 두고 무시로 앉거나 학교 놀이 같은 걸 하는 데 사용했다.

종종 거스러미가 손톱 밑을 찌르고 고르게 박히지 못한 못이 치마를 찢기도 했지만, 그 의자는 불쏘시개가 될 때까지 꽤 오래 우리 집에 있었다. 의자는 나무로 깎은 팽이, 방패연, 새총, 썰매 등 아버지가 만들어 주신 다른 것들과 더불어 어린 시절을 추억할 때 떠오르는 그립고 중요한 물건이다.

어린 시절 의자에 관한 추억 때문인지 나는 베라 B. 윌리엄스가 지은 『엄마의 의자』라는 그림책을 아주 좋아한다. 식당에서 힘들게 일하는 엄마를 위해 온 식구가 유리병에 동전을 모아 의자를 사는 이야기이다. 유리병에 돈이 가득 찬 날, 엄마와 딸은 장미 꽃무늬의 멋지고 푸근한 의자를 사 온다. 그 의자에 앉아 엄마는 텔레비전을 보다 잠들기도 하고 할머니는 창문을 열고 이웃과 수다를 떨기도 한다. 휴식, 대화, 사랑 같은 의자의 모습을 잘 드러내는 따뜻한 그림책이다.

「의자」라는 시로 유명한 이정록 시인도 어머니의 입을 빌려 우리에게 말한다.

> 이따가 침 맞고 와서는/ 참외밭에 지푸라기도 깔고/ 호박에 똬리도 받쳐야겠다/ 그것들도 식군데 의자를 내줘야지// … 사는 게 별거냐/ 그늘 좋고 풍경 좋은 데다/ 의자 몇 개 내놓는 거여

이렇게 기껍고 고마운 의자를, 그것도 오래 사용해서 반질반질 길이 들고 손때가 묻어 식구처럼 다정했을 의자를 야산 기슭에 함부로 버려두다니, 무슨 짐짝 치우듯 팽개쳐 두다니 슬프고 안타까운 마음이 들 수밖에 없다. 다행히 의자의 고마움은 자연이 먼저 알았다. 의자 발치에 노란 마타리꽃이 피어 의자에 기대 있다. 마타리꽃은 의자의 의자 같다. 의자는 마타리꽃의 의자 같다. 의자끼리 서로 의자를 받치고 있었다.

사전

어렸을 때 우리 집에는 사전이 한 권 있었다. 앞뒤 표지가 떨어져 나갔지만, 아무튼 우리말을 모아놓은 국어사전이었다. 아버지는 풍년초란 가루담배를 사전에 말아 피우셨다. 사전 종이는 얇고 질겨서 담배를 마는 데 제격이다. 사전을 알맞게 찢어 담뱃가루를 올려놓은 다음 꼭꼭 말아 혀끝으로 붙여놓으면 궐련 한 개비가 되었다.

나는 언니, 오빠들의 어깨너머로 배우고 아버지도 막내라고 손수 가르쳐주셔서 한글을 좀 일찍 뗀 편이다. 글자는 익혔는데 딱히 읽을거리가 없었다. 그래서 집에 공짜로 배달되어 오는 서울신문과 농민신문, 그리고 예의 그 사전을 들추어보기 시작했다. 사전엔 재미있는 말들이 많아서 나중엔 아버지한테 담배종이로 사용하지 말라고 말씀드리고 내가 가지기로 했다. 그러니까 표지도 떨어지고 앞부분도 좀 찢어진 사전이 처음으로 내 것이라고 갖게 된 책인 셈이다. 나중에 큰오빠가 졸업 상품으로 비닐 표지에 띠지까지 두른 사전을 받아오고, 인근에 만화방이 생기면서 만화에 정신이 팔려 등한시하게 되었지만, 낡은 사전은 학교에 입학하기 전 내 지식의 중요한 원천이었다.

사전은 국어사전처럼 낱말을 모아놓은 사전辭典과 백과사전처럼 특정 분야의 지식을 사항별로 모아놓은 사전事典이 있다. 어느 것이든 지식의 양을 늘리는 데 사전만 한 것이 없다. 사전의 낱말은 또 다른 낱말에 대한 궁금증을 일으킨다. 예컨대 '양심' 이란 낱말을 사전에서 찾으면 '어떤 행위에 대하여 옳고 그름, 선과 악을 구별하는 도덕적 의식이나 마음씨' 라고 나온다. 그러면 '도덕적' 이 무슨 뜻인지 몰라서 다시 사전을 찾아보게 되니 낱말의 양이 고구마 줄기처럼 뻗어가게 된다. 더구나 우리 때는 국어 시간에 낱말 뜻을 찾아오라거나 비슷한 말/반대말, 본딧말/준말, 높임말/예사말 등 여러 가지 낱말을 찾아오라는 숙제가 많아서 사전이 꼭 필요했다. 중고등학교 때는 영어 사전이 필수라서 사전을 안 가져오면 몹시 야단을 맞았다. 그래서 졸업 상품으로 흔히 사전이나 옥편을 받았는데, 그러다 보니 나중엔 집에 같은 사전이 여러 권 쌓이고 책장 한쪽이 모두 사전 차지가 되었다.

아마 내가 구입한 가장 비싼 사전은 외판원에게 산 『새 우리말 큰사전』일 것이다. 당시엔 브리태니커 백과사전이나 삼성출판사 전집류, 창비 영인본을 팔러 다니는 외판원이 많았다. 빈 강의실이나 벤치에 앉아있으면 검은색 서류 가방에 팸플릿을 든 외판원이 다가와, 이 책을 사야만 지식인의 범주에 드는 것처럼 달변으로 현혹하곤 했다. 그래서 큰맘 먹고 몇 달 할부로 장만한 사전인데 너무 크다 보니 자주 보아지지도 않고, 나중엔 컴퓨터 물결이 부는 바람에 세월의 흔적만 더해졌을 뿐 새것이나 다름없이 책장 한쪽에 꽂혀있게 되었다.

컴퓨터가 일상화되면서 사전의 위상은 정말 빠르게 변하고 있다. 컴퓨터나 핸드폰으로 낱말을 손쉽게 검색할 수 있어서 요즘은 사전이 없는 집도 많을 것이다. 사전 찾기를 학교에서 배우긴 하지만 예전처럼 강조하지는 않는다고 한다. 사전도 원고지와 비슷한 길을 걷는 것 같다. 글의 분량은 원고지 몇 매라고 하지만 막상 원고지가 아니라 A4 용지에 글자 크기는 몇 포인트, 글 간격은 얼마 하는 식으로 재해석하는 것처럼, 사전도 손안에서 검색이 가능하다 보니 종이 사전은 이제 하나의 유물이나 골동품이 되어 간다. 브리태니커 백과사전도 244년만인 2012년에 결국 종이사전 출판을 접었다.

책장의 큰사전도 청소할 때마다 무겁고 번거로워서, 대학에 입학하는 아들이 집을 떠나면 책장을 정리하는 김에 아예 버리기로 마음을 먹었다. 그러다가 며칠 전 〈말모이〉란 영화를 보고 생각을 달리하게 되었다. 이 영화는 일제 말, 조선어학회 회원들이 주시경 선생의 뒤를 이어 우리말 사전을 편찬하기 위해 노력하는 모습을 그리고 있다. '말모이' 란 말을 모아 놓은 것, 그러니까 사전의 순우리말 이름이다. 영화의 완성도와는 별개로, 우리 말과 글을 지키기 위해 회원들이 얼마나 고초를 겪는지 가슴이 뭉클해졌다.

주시경 선생은 "언어의 존재에 국가의 존립이 달려있다."고 했다. 1942년 조선어학회 회원들을 대거 검거하는 조선어학회 사건이 일어났을 때, "고유 언어는 민족의식을 양성하는 것이므로 조선어학회의 사전 편찬은 조선 민족정신을 유지하는 민족운동의 형태다."라는 함흥지방재판소의 예심 종결 결정문에 따라 회원들에게 치안유지법의 내란죄가 적용되었다. 우리 말과 글의 중요성과 파급력을 일제가 얼마나 두려워했는지 알 수 있다. 검거된 33명의 회원 가운데 두 분이 옥사하고, 실형을 받은 분들도 광복이 된 이후에나 석방되었다. 우리가 예사로 사용하는 낱말들이 이분들의 희생과 노력으로 살아남고 지켜진 것이다.

사전은 말 그대로 낱말 하나하나를 모아서 만든 책이다. 그 많은 낱말 하나하나를 모은다는 게 얼마나 어려운 일인가. 영화에서도 사투리를 모으기 위해 지역 사람을 일일이 만나거나 편지를 수집하는 등 갖은 노력을 기울이는 장면이 나온다. 이처럼 많은 분의 희생과 민중들의 염원으로 만들어지고 발전되어 온 것이니 그걸 기억하기 위해서라도 집에 우리말 사전 한 권쯤은 있어야 되겠다. 『새 우리말큰사전』도 좀 더 눈에 띄는 곳에 두고 틈틈이 펼쳐봐야 되겠다.

열하일기를 다시 읽으며

이십 대에 읽었던 『열하일기』를 오랜만에 다시 읽는다. 하도 오래전 일이라 그때 느낌이 거의 남아있진 않지만, 예전이라면 그냥 지나쳤을 법한 부분이 눈에 들어왔다. 예컨대 책의 끝부분에 나오는 사소하지만 생각할 거리를 던져주는 일화 같은 것. 연암이 열하에서 돌아와 연경에 남아있던 일행과 다시 만나게 되었을 때, 사람들은 연암의 큼직한 보따리를 보고 무슨 진기한 물건을 가져왔나 싶어 서둘러 풀어보지만, 종이뭉치만 가득한 것을 보고 실망하는 장면이다. 그 두툼한 종이 뭉치는 연암이 노정을 기록한 일기와 중국에서 만난 사람들과 나눈 필담들이다. 연암은 사람들이 기대한 골동품이나 서화, 은자, 약재 같은 귀중품 대신 자신의 체험을 기록한 '기록물'을 소중하게 들고 온다. 하루에 아홉 번 강을 건너고 닷새간 잠 한숨 못 자고 말을 달려야 하는 힘겨운 여정 속에서도 탐색과 기록은 계속되었다. 그리고 그 기록을 바탕으로 『열하일기』라는 불세출의 기행문을 남기게 된다.

『열하일기』엔 연암 이전에 조선 사신들의 숙소가 불에 탄 적이 있었다는 기록이 나오는데, 만약 연암이 여행 도중 숙소에 불이라도 났다면 어땠을까. 아마 필담과 일기를 기록한 종이 뭉치를 가장 먼저 챙기지 않았을까. 연암 자신이 대륙 여행을 통해 견문을 넓히고 기록으로 남기기 위해 사은사로 나서는 삼종형인 박명원을 따라나섰으니, 기록물이야말로 연암에게 가장 중요한 귀중품이었을 것이다.

무엇을 중요하게 여기는가 하는 것은 사물을 바라보는 관점의 차이에서 비롯되고, 관점의 차이는 경험의 다름에서 말미암은 것이다. 젊은 시절 『열하일기』를 읽을 땐 고등학교 교과서에도 나왔던 「일야구도하기一夜九渡河記」나 「호곡장론好哭場論」에 감동하였다. 그런데 이번에 다시 읽으며 유심히 보았던 곳은 벽돌과 수레, 말을 기르는 목마에 대한 부분이다. 아, 나는 이제 그만큼 현실에 발을 붙이게 된 것일까. 하지만 호곡장을 논하거나, 강물의 으르렁거림에서 외물과 마음의 관계를 깨닫는 연암과 수레의 바퀴를 살피고 깨진 기와를 들여다보는 연암이 다르지 않듯이, 나도 파란의 강을 지나 이제 수레와 말이 달리는 저잣거리를 걷는 중인지도 모른다. 그 거리가 온갖 서적과 기물로 넘쳐났다는 연경(북경)의 '유리창琉璃廠' 같은 곳이라면 좋겠다.

어쨌든 연암은 벽돌이나 수레, 기와의 크기, 모양, 만드는 방법

등을 꼼꼼히 관찰하고 우리나라와 다른 면을 세세히 기록하였다. 말의 경우는 우리나라 말이 작고 볼품없는 까닭을 분석하고 품종 개량을 위한 방법까지 제시한다. 그동안 적지 않은 사신들이 중국으로 사행길을 다녀왔을 텐데 이런 방면에 주목한 사신이나 관료들은 거의 없었다. 성리학적 관념론이 지배하던 사회에서 벽돌이니 기와니 온돌이니 수레니 하는 물질적인 것은 중요한 게 아니었을지도 모른다. 아니, 무엇보다 사신들은 황제를 알현한다는 목적을 가지고 사행길에 올라 여타 다른 것들이 눈에 들어오지 않았을 수도 있다. 그러나 연암은 외교관이 아닌 여행자로서 중국을 다녀왔다. 그러니 보고 듣고 느끼는 것이 남달랐을 테고, 그동안 주목하지 않았던 것들이 눈에 띄었을 것이다.

여행자의 눈은 '주유周遊' 의 너그러운 시선이고 그 움직임은 '유람遊覽' 의 느긋함이다. 하지만 연암은 사행단의 일행으로, 그것도 시간에 쫓기며 가는 길이라 그런 여유를 즐길 겨를이 없었다. 대신 연암은 그 아쉬움을 특유의 호기심과 탐구로 채운다. 상점의 상호 하나 허투루 보지 않고 궁구하며, 남들이 자고 있을 때 몰래 일어나 중국 선비나 상인들을 만나 필담을 나누기도 한다. 소주의 가게에서 벽에 걸린 「호질」을 베끼는 장면은 뭉클하기까지 하다. 한 번으로 안 되니까 저녁을 먹고 다시 방문하여 촛불을 켜고 베낀다. 가히 철두철미한 기록 정신이다.(물론 「호질」을 연암 고유의 창작 방법이 동원된 순수 창작물로 보는 견해가 지배적이지만, 타관에서 벽에 걸린 적지 않은 분량의 글을 베낀다는 발상 자체가 '연암답다' 는 생각이 든다.)

『열하일기』를 다시 읽으니 무엇보다 연암 문장의 특징이랄까 장점이 눈에 들어온다. 번역 덕분일 수도 있겠지만, 쉽게 읽히고 눈과 귀에 쏙쏙 들어오는 글이다. 예컨대 밤에 고북구를 빠져나올 때의 풍경을 묘사한 부분. "때마침 상현이라 달이 고개에 드리워 떨어지려 한다. 그 빛이 싸늘하게 벼려져 마치 숫돌에 갈아 놓은 칼날 같았다. 마침내 달이 고개 너머로 떨어지자, 뾰족한 두 끝을 드러내면서 갑자기 시뻘건 불처럼 변했다. 마치 횃불 두 개가 산에서 나오는 듯했다." 그리고 코끼리를 묘사한 글. "귀는 구름을 드리운 듯하고 눈은 초승달 같으며, 두 개의 어금니 크기는 두 아름이나 되고 키는 1장 남짓이나 되었다. 코는 어금니보다 길어서 자벌레처럼 구부렸다 폈다 하며 굼벵이처럼 구부러지기도 한다." 모두 눈앞에 골짜기가 펼쳐지고 코끼리가 코를 쳐들고 있듯이 선명하고 생생하다. 「호질」을 소개하는 장면은 어떤가. "아마 이 글을 보면 다들 웃느라고 입안에 든 밥알이 벌처럼 튀어나오고, 튼튼한 갓끈이라도 썩은 새끼줄처럼 툭 끊어질 것입니다." 비유법이 감칠맛 나고 생기가 넘친다. 살아있는 글이다.

연암은 글자를 병사에, 뜻을 장수에 비유하며 병법을 잘 아는 자가 버릴 병졸이 없듯이 글을 잘 쓰는 사람은 가릴 글자가 없다고 하였다. 글이 좋지 않은 것은 글자의 잘못이 아니라는 것이다. 아, 글의 스승이 멀리 있는 것이 아니다. 일 미터도 안 되는 거리에 바투 놓여 있다. 오랜 시간의 틈을 메우기 위해서라도 저 유려하고 가슴 뛰는 문장을 다시, 자주 펼쳐보아야 한다.

기게스의 반지

수업 중에 가끔 '나에게 만약 투명 망토가 있다면' 이란 글감으로 상상글 쓰기를 하게 할 때가 있다. 그럴 경우 많은 아이들이 '나를 괴롭히는 나쁜 친구를 혼내주겠다' 는 반응을 보인다. 나쁜 친구는 도둑이나 깡패와 같은 '나쁜 사람' 으로 바뀌기도 하지만 아무튼 아이들은 '아무런 제재를 받지 않는' 상황을 사적 응징의 기회로 삼는 편인데, 이런 면에서 아이들의 상상력은 어른보다 오히려 빈약한 듯하다. 어른들의 경우는 단순한 복수가 아닌 범죄로 이어질 가능성이 크기 때문이다.

남의 눈에 띄지 않는 상황은 사실 자기 욕망을 실현할 절호의 기회인 셈이어서 이를 소재로 한 몇 가지 이야기가 전한다. 대표적인 것이 전래동화 「도깨비 감투」이다. 머리에 쓰면 남의 눈에 띄지 않는 감투를 우연히 얻게 된 어떤 이가 감투를 이용해 도둑질하다가 감투에 구멍이 나서 빨간 헝겊으로 깁는데, 빨간 점이 나타날 때마다 물건이 없어지는 걸 알게 된 사람들에 의해 정체가 밝혀지고 혼이 난다는 이야기다.

비슷한 이야기가 플라톤의 『국가』에 나온다. 리디아에 사는 기게스란 목동이 땅이 꺼진 틈으로 들어갔다가 금반지를 낀 거인의 시체를 보게 된다. 목동은 반지를 빼서 자기 손가락에 끼는데 돌리는 방향에 따라 자기가 사람 눈에 띄기도, 띄지 않기도 한다는 사실을 발견하고, 반지를 이용해 왕비와 사통하고 결국 왕을 살해한 뒤 자신이 왕이 된다는 이야기다. 두 이야기는 모두 자신이 감추어질 때 드러나는 인간의 추악하고 어두운 본성을 풍자하고 있다.

그런데 우리나라 전래동화의 도둑은 사람들에게 들켜 혼이 남으로써 악에 대한 응징이 이루어진 반면, '기게스의 반지'는 악인이 오히려 영화를 누리게 되는 현실적인 결말을 보여준다. 그리고 플라톤은 반지를 낀 상황에서 남의 것에 손을 대지 않는 그런 올바른 마음을 철석같이 유지하는 사람은 거의 없을 것이라고 하였다.

내가 감추어질 때, 나의 정체를 모를 때 도덕적이고 바르게 행동하기는 사실 쉽지 않다. 우선 집 밖과 안에서만도 우리의 태도는 확연히 달라진다. 집 안에서라면 타인의 시선에서 벗어남으로써 앉고, 눕고, 서고, 말하는데 거리낌이 없게 된다. 속옷 차림으로 돌아다니거나, 마음껏 방귀를 뀌거나, 껌처럼 소파에 붙어서 텔레비전 채널을 돌리거나 내 마음대로 할 수 있다. 그런데 이런 시선의 자유에서 더 나아가 아예 내가 누군지 모른다면, 나의 정체가 드러나지 않는다면, 모든 금기와 제약에서 해방된다면 인간은 밤거리를 누빌 뿐 아니라 낮에까지 활보하는 하이드가 되지 않을까.

'기게스의 반지'는 이처럼 인간의 본성에 관해 숙고할 거리를 던져준다. 요즘 자신을 가려주는 기게스의 반지라면 인터넷상의 익명성이라 할 수 있겠다. 우리는 닉네임이라는 반지를 끼고 컴퓨터에 접속한다. 그리고 익명의 뒤에 숨어 악플을 달고 조롱과 분탕질을 한다. 인터넷의 영향력이 커지면서 댓글 부대를 동원해 여론을 조작하거나 교묘히 뉴스를 편집하여 진실을 왜곡하는 가짜 뉴스를 퍼뜨린다. 리디아의 기게스는 혼자였지만, 네트워크상의 기게스는 팀을 이루기도 하고, 멀티 아이디를 동원하기도 하면서 호기심을 숙주 삼아 바이러스처럼 퍼져간다. 진위와 옥석의 구별이 점점 어려워진다.

다행인지 불행인지 컴퓨터는 도깨비 감투의 꿰맨 자국처럼, 접속 기록이 있어서 완벽한 투명 망토가 되어주진 못한다. 소위 누리꾼들의 신상털기를 통해 정체가 드러날 때가 있는 것이다. 그 대단한 악플러나 가짜 뉴스의 진원지가 사실 우리 주변의 평범한 사람이거나 가끔은 아주 유명인사이기도 해서 깜짝 놀라기도 하지만, 어쨌든 완벽한 기게스의 반지는 없는 것이 아닐까. 하긴 완벽하다면 감지조차 안 된다는 것이니 우리가 그 존재 여부를 알 수 없지만 말이다.

그리고 익명성이 반드시 나쁜 쪽으로만 드러나는 것은 아니다. 비록 영화이지만 가면과 망토로 자신을 숨기고 남을 돕는 쾌걸 조로나, 배트맨 같은 영웅으로 나타나기도 한다. 자신을 드러내지 않는 익명의 기부 천사들도 있다. 그래서 '기게스의 반지'는 기게스의 '반지'가 아닌, '기게스'의 반지라는 생각도 든다. 반지가 아니라 사람이 중요하다. 플라톤도 소크라테스의 입을 빌려, 기게스의 반지를 가졌건 갖지 않았건 간에 '올바름'을 행해야 하며 그것이 결국 좋은 것임을 무려 600여 페이지의 글을 통해 밝히고 있다. 그 두께의 책을 읽는 것만큼 쉽지 않은 일이긴 하겠지만.

해삼위海蔘威

블라디보스토크는 요즘 주목받는 여행지이다. 십여 년 전부터 '가장 가까운 유럽' 이라는 별칭으로 찾는 사람이 늘기 시작하더니, 마침 한일 경제 분쟁의 여파로 일본 여행을 취소하고 블라디보스토크로 발길을 돌린 사람이 많아서인지 넓은 벌판에 자리 잡은 대형 마트처럼 작은 공항엔 한국 여행객들로 넘쳐난다.

여행객들이 가장 많이 찾는 곳은 아르바트 거리이다. 모스크바의 아르바트 거리를 본떠 만든, 분수대를 중심으로 찻집과 상점들이 늘어선 아름다운 거리로 야외 공연이나 모임이 많은 곳이다. 각종 놀이시설이 있는 해양공원, 금각만을 내려다보는 독수리 전망대도 관광 명소이다. 이 전망대에 서면 내륙으로 깊숙이 들어온 금각만과 금각만을 가로지르는 금각교를 굽어볼 수 있다. 극동함대 본부가 자리 잡고 있어서인지 금각교 근처엔 많은 군함과 배들이 보인다. 그리고 이차대전에서 맹활약을 하던 C-26 잠수함을 개조한 잠수함 박물관이 있다. 볼셰비키 혁명군의 동상이 있는 혁명광장, 레닌 동상이 있는 레닌 공원 등이 블라디보스토크 시내에서 즐길 수 있는 관광지이다.

블라디보스토크는 시베리아 횡단 열차의 기착점이다. 블라디보스토크에서 출발하여 모스크바에 이르는 7,400킬로미터의 길을 약 일주일 동안 달리는 횡단 열차 탑승은 젊은이들이 한 번쯤 꿈꾸는 낭만적인 바람이다. 여행객들은 보통 블라디보스토크에서 우골리나야역까지 횡단열차 레일 체험을 하는 편인데, 삐걱거리고 그르릉거리며 느릿느릿 달리는 기차는 팔구십 년대 우리나라의 무궁화호나 통일호 느낌이 난다. 기차는 해파랑길처럼 바다를 끼고 달린다. 차창 밖으로 끝없이 펼쳐진 오호츠크해를 보면 러시아가 왜 기를 쓰고 블라디보스토크를 차지하려 했는지 알 수 있다. 러시아는 1860년 베이징조약을 통해 청나라로부터 블라디보스토크를 이양받았다. 겨울에도 얼지 않는 부동항을 꿈꾸던 러시아는 그 지역에 '동방을 지배하다' 라는 뜻을 지닌 블라디보스토크란 이름을 붙였다. 블라디보스토크는 동남쪽으로 진출하려는 러시아의 교두보인 셈이다.

이것이 관광지로서 블라디보스토크의 모습이다. 하지만 블라디보스토크는 우리에게 좀 더 각별한 곳이다. 블라디보스토크는 인근 우수리스크와 더불어 연해주 독립운동의 거점이었다. 해양공원 쪽의 개척리에서, 다시 지금의 하바로브스키 쪽인 신개척리로 이주하며 블라디보스토크에 자리 잡은 한인들은 1919년에 최초의 임시정부인 노령 임시정부를 세우고 활발한 독립운동을 펼쳤다. 최재형, 이상설, 이동휘 등 독립운동가들이 사재를 털어 학교와 도로를 만들고 단체를 결성해 힘을 모아갔다. 하지만 한인들의 성장을 두려워한 스탈린은 1937년 한인 이주 정책을 펼쳐 20만 명에 이르는 한인들을 중앙아시아로 강제로 이주시킨다.

지금 하바로브스키의 한인촌 자리엔 강제로 이주당한 한인들을 기억하기 위해 세운 신한촌 기념탑만 남아 있다. 기념탑은 세 개의 커다란 대리석 기둥으로 되어 있다. 가운데의 가장 높은 기둥은 대한민국 국민을, 왼쪽 기둥은 북한 주민을, 오른쪽은 해외 교포를 상징한다고 한다. 신한촌 기념탑 외에 막대한 재산을 모아 그것을 독립군 자금과 학교 건설 등에 댄 최재형 선생의 생가, 서전서숙을 열고 헤이그 특사로 파견되기도 했던 이상설 선생 유허비, 대한민국 임시정부 국무총리를 역임했던 이동휘 선생이 살던 집터, 조금 멀지만 크라스키노엔 안중근 의사의 단지 동맹비, 1937년 러시아 한인 강제 이주 때 최초 집결지인 라즈돌리노예역 등 많은 독립운동 관련 유적지가 있다.

이 유적지를 잘 보존하고 국내에 알리는 일이 시급하다. 블라디보스토크는 오랜 잠에서 깨어난 듯 용트림하는 도시이다. 거리는 활기에 넘치고 곳곳엔 건물을 짓거나 도로를 넓히는 등 공사가 한창이다. 한국 자본의 참여도 활발하여 LG다리, KT거리 같은 이름이 붙은 구역도 있다. 그러다 보니 벌써 한인촌의 흔적이나 이동휘 선생 집은 사라지고 없다. 냉전 시기를 거치며 우리가 알지 못하는 사이 무수한 유적들이 사라져 갔을 것이다. 남아있는 것이라도 지키고 알려야 한다. 일반인이 쉽게 접할 수 있는 여행 상품도 나오면 좋겠다. 굳이 학술적이거나 전문적이지 않더라도 직접 가서 보고 들음으로써, 풍찬노숙하면서도 독립에 대한 희망 하나로 버텨온 그분들의 숭고함을 느낄 수 있었으면 좋겠다.

블라디보스토크는 해삼위海蔘威라고도 부른다. 해삼이 많이 나는 곳이라 그런 이름이 붙었다고 한다. 해삼은 바짝 말려도 물에 넣으면 다시 살아난다. 둘로 잘라서 던져 넣어도 다시 자란다. 강인한 생명력이 우즈베키스탄으로, 키르기스스탄으로, 카자흐스탄으로 강제로 흩어졌어도 끈질기게 삶을 이어가는 한인들을 닮았다. 마침 숙소 옆에 토끼풀이 붉은 꽃을 피웠다. 「붉은토끼풀꽃」이란 제목으로 시 한 편을 적어 본다.

> 하바로브스키 언덕의 신한촌 기념탑/ 우뚝 솟은 세 개의 대리석 기둥 보고 온 날/ 숙소 울타리 옆 가득 핀 붉은토끼풀꽃 본다/ 시차는 한 시간 비행 거리는 세 시간/ 계절은 시간을 거스르며 한 달쯤 낮은 포복으로 와서/ 무릎과 팔꿈치에 잡힌 물집 같은 꽃이/ 여름의 한복판에 피었다/ 안개비가 종일 물집을 어루만져도/ 붉음, 묽어지지 않는다/ 풀어지지 않는다, 빗속에 귀 세우는 슬픔도/ 한인들 몰아내고 터만 남은 폐허를/ 피고름처럼 덮은 저 세 갈래 둥근 잎의

꽃/ 라즈돌리노예역에서 마른 풀줄기 같은 철로를 따라/ 우즈베키스탄으로, 카자흐스탄으로, 키르기스스탄으로/ 중앙아시아 초원을 가르는/ 지나온 길은 하나 갈 길은 세 갈래/ 휘어진 길은 세 갈래 돌아갈 길은 하나/ 여기가 거기였다고/ 여기 붉은토끼풀꽃처럼 오글오글 모여 살았다고/ 좁은 역사에 그날 아침 나누어 먹은/ 마지막 쌀밥처럼 모여 있다/그렇게 덜컹거리며 쫓겨 갔다고

사과꽃

차를 타고 가는데 나지막한 둔덕에 하얀 꽃 무리가 눈부시다. 구름을 두른 듯 몽롱한 꽃 빛깔을 보니 배꽃인 것 같다. 둔덕을 따라 배 과수원이 띠처럼 펼쳐져 있다. 일행 중 나이 지긋한 한 분이 배밭을 가리키며 말씀하신다. "저 배 밭 우리 거야." "와, 정말요?" 감탄이 끝나기도 전에 "저건 우리 거." 다른 일행분이 또 다른 배밭을 가리키신다. 그러더니 두 분이 나를 보며 깔깔 웃으셨다. "임자가 따로 있나. 보고 즐기는 사람이 임자지."

아, 이거야말로 우계 성혼의 "값없는 청풍이요 임자 없는 명월이라."가 아닌가. 임자가 없으니 누구나 임자가 될 수 있고, 그중 그걸 가장 잘 감상하고 누리는 사람이 진정한 주인이라는 얘기다. 지인 중에도 시골에 근사한 별장을 지어놓고, 자주 못 가니 필요할 때 마음껏 쓰라고 말하는 사람이 있다. 별장 주인은 따로 있지만, 관리 문제로 골치를 썩일 필요 없이 별장이 주는 혜택은 주변 사람이 더 크게 보는 셈이니 일거양득, 일석이조요, 주인 아닌 주인인 셈이다.

그저 배꽃을 보고 즐기는 것은 배꽃을 떨어뜨리는 것도, 배나무를 뽑아가는 것도 아니니 배 밭에 피해를 주지 않는다. 청풍이나 명월처럼 원래 주인이 없는 것은 아니로되, 역시 주인 아닌 주인인 셈이다. 그래서 나도 지나가다 마음에 드는 '물건'이 있으면 '찜'을 해두기 시작했다. 거제도 가는 길에 무인도 두엇, 안동 근방의 어린 자작나무들이 하얗게 자라는 야산, 황금 관을 쓴 듯 노랗게 타오르던 영동의 은행나무도 이제 내 소유다.

올해는 밀양의 사과밭을 분양받았다. 밀양은 얼음골 사과로 워낙 유명한 곳이니 사과밭이 지천이다. 그래서 사과꽃이 절정이라는 4월 말경에 몇몇 글벗들과 사과꽃을 보러 갔다. 그곳에 사는 분의 안내를 받아 들른 사과밭은 약간 언덕바지에 있어서 나지막한 분지를 지나 맞은편 산기슭까지 굽어볼 수 있었는데, 온통 사과꽃이 흐드러져 멀리서 보니 뽀얀 안개가 낀 듯했다.

이 밭의 꽃이 좋아 사진에 담은 뒤 바라보면 저 밭의 꽃은 더 화사하고, 그 옆의 사과꽃은 더 눈부셨다. 꽃밭의 벌이나 나비가 가끔 비틀거리며 날 때가 있는데, 아마 꽃의 향기에 취해 그런 것은 아닌지. 우리도 비틀거리며 나는 벌과 나비처럼 이 나무, 저 가지로 레이스 같은 꽃잎과 부케 같은 꽃숭어리를 찾아 돌아다녔다. 봄 하늘은 얇은 비단을 두른 듯 푸르고 하얀 구름이 솜처럼 풀어져 있어 지상의 사과꽃들이 천상의 호수에 비친 듯했다. 아니면 밤에만 빛나는 게 서운한 하늘의 별들이 모두 나무 위에 내려와 한낮의 푸름을 만끽하는 것 같았다. 이 아름다운 꽃이 피는 사과밭이 다 내 것이다!

다산 정약용은 마음이 맞는 벗들과 함께 죽란시사란 모임을 만들고 살구꽃이 처음 필 때, 복숭아꽃이 처음 필 때, 참외가 익을 때, 연꽃이 필 때, 국화와 매화가 필 때 붓과 벼루를 들고 만나서 시가를 짓고 담소를 나누었다. 특히 연꽃이 필 땐 이른 새벽에 서소문 밖 연지에 나가 꽃 피는 소리를 들었다. 연꽃은 동트기 전 일제히 피어나는데, 그 '톡' 하고 피는 소리가 매우 아름답다고 한다. 연지에 떠 있는 배 위에서 눈을 감고 꽃잎이 공기를 밀어내는 그 미세한 떨림을 느낀다니, 이것이야말로 물아일체의 경지 아닌가. 그래서 연꽃이 피는 소리를 들으며 즐길 수 있는 사람이야말로 연지의 진정한 주인이라 할 것이다. 거중기를 고안한 실학자이자 고통받는 민중의 삶을 아파한 「애절양」을 지은 다산에게 이런 섬세함과 풍류가 있었다.

그러고 보면 소유의 개념도 시대에 따라 달라지는 것 같다. 요즘은 집을 꾸미는 고가의 조각품이나 그림, 아이들 장난감 같은 것을 빌려 쓰다가 지루해지면 다른 것으로 바꾸기도 하고, 자동차나 가전제품을 빌리기도 한다. 얼마 전엔 라벤더 꽃밭에 관광객이 몰려든다는 뉴스를 보았다. 보라색 꽃밭을 배경으로 사진을 찍는 사람들이 늘어나 입장료가 꽃 판매 대금을 앞섰다고 한다.

소유한다는 것이 내 것으로 만들어 배타적 권리를 주장하는 것이 아니라, 한 걸음 떨어져 보고 느끼며 완상과 완람의 즐거움을 추구하는 것이다. 옛사람들이 이상적으로 여겼던 물아일체, 물심일여의 경지는 아니라도 소유에 집착하지 않음으로써 오히려 순간의 진면목에 충실할 수 있다. 사실 소유에서 완전히 자유로울 수는 없으니 '내 것' 이라고 마음으로 정해두면 좀 더 애정 어린 눈길로 관심을 두기도 할 것이고.

우리가 눈과 마음에 가득 담아왔던 사과꽃도 이미 지고 이제 사과는 부지런히 사과 자체의 붉음을 준비하고 있겠다. 가을엔 우리 사과밭의 사과가 탐스럽게 익었는지 밀양에 다시 가볼까, 아니면 '저 사과밭 내 거' 하는 누군가에게 통 크게 양보할까.

수집에 대하여

늦가을 숲에 들어선다. 바닥에 벌써 낙엽이 쌓여 있다. 아직 빛이 바래지 않은 고운 단풍잎 몇 장과 산비둘기의 깃털, 낙엽 밑의 도토리를 주워 집에 가져온다. 아름다운 가을의 수집품이다. 비록 며칠 지나지 않아 싫증이 나서 슬그머니 내다 버릴지라도 가을의 흔적을 쥔 마음은 뿌듯하고 홍이 난다.

낙엽과 깃털을 주워오듯 크든 작든 무언가를 모았던 경험은 누구에게나 있을 것이다. 나도 어린 시절 상표나 성냥갑 등 몇 가지 물건을 모은 적이 있다. 상표 수집은 초등학교 때 일이다. 지금은 포장 비닐에 제품명이 인쇄되어 나오지만, 그때는 투명한 비닐봉지에 종이로 인쇄된 상표가 들어있었는데 그걸 모은 것이다. 대학교 때는 다방에서 주는 성냥갑을 모았다. 실내 흡연을 아무렇지도 않게 생각하던 때라 다방 탁자에 흔히 사각이나 육각형 성냥 통이 놓여있었고, 좀 고급 다방엘 가면 상호가 인쇄된 작은 성냥갑을 주기도 했다. 서랍 가득 성냥갑이 모이자 보관도 어렵고 결국 시들해져서 친구들에게 나누어 준 기억이 난다.

하지만 무엇보다 오래, 열심히 모았던 것은 우표이다. 우표수집이야 워낙 하는 사람이 많아 거의 국민 취미라 할 정도였는데, 나는 우체국도 멀고 돈도 없어서 새 우표가 아니라 이미 사용해 소인이 찍힌 우표를 주로 모았다. 봉투에서 우표가 붙은 부분을 잘라 물에 넣어 풀기를 없앤 다음 잘 말려 비닐을 씌우는, 그야말로 소박한 수집이었다. 하지만 제법 열의를 내서 낱장 우표 대부분으로 두툼한 우표책 한 권을 다 채웠다. 물론 그 우표책도 사라진 지 오래다. 얼마 전 오래된 책 속에서 80년대 초의 우표 전지를 발견했다. 액면가가 30원이라, 25매 전지 한 장의 우표로도 지금은 편지 두 통을 부치기 어렵겠지만, 새로운 우표가 생길 때마다 환성을 지르던 옛날 생각이 나서 잠시 추억에 잠겼다.

지금은 냉장고 자석을 모으고 있다. 여행지에서 하나둘씩 사들인 게 냉장고 한 면을 거의 채워 가고 있다. 물론 예전 같은 열의는 없지만 그래도 무언가를 꾸준히 모으고 있는 셈이다. 주변에도 머그잔이나 종, 그릇 같은 것을 모으는 사람들이 있다. 내가 가르치는 아이들도 포켓몬 카드나 봉제 인형 등을 모은다. 교실에 가져와서 서로 왁자하게 자랑하며 견주어보기도 한다. 하긴 까마귀도 반짝이는 물건을 둥지 안에 모아들이고, 바우어새는 꽃과 과일을 모아 헛간을 꾸며서 암컷의 환심을 산다고 하니 인간이 무언가를 수집하는 것은 자연스러운 일이라 하겠다. 바닷가에서 예쁜 조개껍데기나 반질반질한 조약돌을 어찌 지나칠 수 있겠는가. 수집은 거의 본능과도 같다.

무엇을 수집하는가. 아름다운 것, 진귀한 것, 추억이 깃든 물건, 관심 있고 좋아하는 분야의 아이템을 모은다. 분재, 수석 같은 자연물, 고가구, 민예품 같은 골동품, 그림, 조각 같은 예술품, 고서나 음반, 유니폼과 사인볼, 각종 피규어, 기념주화, 티켓이나 팸플릿 등, 그저 좋아서 취미로 한두 개씩 모으는 경우부터 소장가치가 있는 것을 골라 투자용으로 사들이는 경우까지 수집품의 종류나 분야는 셀 수 없이 많다. 돈이 거의 들지 않는 수집품이 있는가 하면 흔히 통장 도둑으로 불리는 자동차, 카메라, 오디오, 시계 등 고가의 물품을 수집하기도 한다. 냉장고 자석이나 우표처럼 흔하디흔한 수집 취미부터 개인의 내밀한 흔적이 담기거나 손에 넣기 어려운 희귀품을 찾는 경우도 있다.

좋아하는 것을 소유하고 가까이 두고 싶은 것은 누구나의 바람일 것이다. 곁에 두고 만지거나 완상하는 일은 마음을 가라앉히고 기분을 좋게 하여 정신 건강에 도움이 된다. 그것이 소장가치가 있어 미래의 이윤을 담보해 준다면 금상첨화이다. 물건이 어느 정도 쌓이면 다른 사람들에게 내보여서 자랑하거나 평가받고 싶어진다. 그래서 가까운 지인들을 불러 선을 보이다가 규모가 커지면 화랑이나 갤러리를 빌려 전시회도 연다. 이런 개인적인 즐거움을 넘어 흩어진 것을 한 군데 모아 언제든 관람이 가능하도록 박물관이나 미술관으로 꾸미기도 한다. 간송 전형필이 수집한 국보급 문화재들을 전시, 보존하는 공간인 간송미술관이 좋은 예이다. 수집이 단순한 취미를 넘어 역사적, 문화적 가치를 갖게 되는 것이다.

다만, 과유불급, 자기 능력을 벗어난 지나친 몰두나 과시용 수집은 경계해야 할 것이다. 무엇에 탐닉하거나 집착하는 것을 벽癖이라 하는데, 대책 없이 모으기만 하는 수집벽은 주변 사람을 괴롭게 하고 보관이 힘들어져 수집품에도 악영향을 끼친다. 수집은 그저 좋아하는 분야의 물건을 한두 점씩 사 모으는 취미에서 시작하는 것이 가장 좋다. 그래야 수집품에 애정이 더해져 지치지 않고 오래 간다. 그 뒤 분수껏 능력껏 범위를 넓혀갈 일이다.

레 미제라블 편력기

얼마 전 빅토르 위고의 『레 미제라블』 완역본을 읽었다. 두 권으로 축약한 책은 읽은 적이 있는데 완역본은 처음이다. 무려 5권, 2,500여 쪽에 이르는 엄청난 분량이지만 시간 가는 줄 모르고 읽었다.

『레 미제라블』 하면, 증오에서 자비로, 불신에서 사랑으로 바뀌게 되는 장발장의 파란만장한 이야기 정도로만 생각하기 쉬운데, 사실 이 방대한 소설엔 19세기 프랑스의 역동적인 사회상이 버무려져 있다. 뜻밖에도 장발장은 처음부터 등장하지 않는다. 미리엘 주교에 대한 이야기가 무려 100쪽 가까이 이어진 다음, 2편에서야 모습을 드러낸다. 그뿐 아니라 워털루 전투, 당시 파리의 모습, 대혁명 이후의 정치적 혼란상, 심지어 파리의 하수도 모습까지 장황하게, 하지만 흥미롭게 서술된다. 감미롭고 순수한 사랑을 찬미하는 위고의 낭만주의적 사랑관을 엿보게 되는 건 덤이다. 군데군데 수록된, 축약본에는 거의 나오지 않는 시편들을 온전히 읽은 것도 좋았다. 사회를 비판하거나 사랑을 예찬하는 시편들은 시인이기도 했던 위고의 면모를 유감없이 보여 준다.

'온갖 탈선과 삽화와 명상 등으로 가득 차 있는 이 소설, 가장 위대한 아름다움이 가장 멋쩍은 수다 옆에 자리를 같이하고 있는 이 소설은 하나의 세계요, 하나의 혼돈이다.'라는 문학 비평가 랑송의 말에 크게 공감하게 되는 소설이다.

워낙 격동의 시기를 흥미진진하게 그려내어 『레 미제라블』은 영화, 뮤지컬, 연극 등으로 끊임없이 재창조되고 재해석되어 왔다. 책을 읽은 뒤 휴 잭맨이 장발장으로 나오는 2012년 판 뮤지컬 영화를 다시 보고, 유튜브에서 10주년과 25주년 기념 콘서트도 찾아 감상했다. 두 뮤지컬끼리, 혹은 뮤지컬과 뮤지컬 영화를 서로 비교해 보는 일도 재미있었다. 그래서 내친김에 다른 영화를 찾아보기 시작했다.

장가방이 장발장으로 나오는 〈레 미제라블, 더 오리지널〉이란 제목의 1958년 영화는 중간중간 나레이터가 줄거리를 설명하는데, 원작에 비교적 충실한 편이다. 〈사이코〉의 안소니 퍼킨스가 자베르로 나오는 1978년 판은 장발장이 감옥에 가게 된 계기와 감옥 생활, 탈옥 과정을 자세히 다루었는데, 그래서인지 여관집 주인 테나르디에나 그의 딸 에포닌은 거의 나오지 않는다. 빌 어거스트 감독의 1998년 영화는 장발장과 자베르의 갈등에 초점을 맞추었다. 역시 테나르디에나 에포닌은 찾아볼 수 없는데, 반대로 아까 말한 2012년 뮤지컬 영화에선 코제트의 역할이 희미해지고 에포닌에게 노래를 몰아주어 거의 주연급으로 나온다.

그중 1948년 리카르도 프레다 감독의 영화는 원작과 다른 부분이 많다. 인형을 든 아이를 찾는다는 말을 듣고 코제트 앞에서 자신이 사준 인형을 쭉쭉 찢어버리고, 바리케이드의 학생을 때려눕히거나 코제트의 뺨을 때리는 등 순화되지 못하고 여전히 폭력적인 장발장이 나온다. 무엇보다 장발장이 테나르디에가 쏜 총에 맞아 죽는 마지막 장면을 보고 감독의 의중이 궁금했다.

『레 미제라블』은 아동용으로도 많이 각색되었다. 실제 우리나라에선 아동용 책이 '장발장' 이란 이름으로 나오는 반면, 유럽에선 '코제트' 라는 제목으로 나온다고 한다. 아동용 애니메이션으론 일본에서 제작된 〈레 미제라블: 소녀 코제트〉가 우리나라에도 방영되었다는데, 강아지 슈슈, 장발장의 조수 아란, 코제트에게 글을 가르치는 신부 등 원작에 없는 캐릭터가 다수 등장하고, 자베르도 잘못을 뉘우치고 끝까지 살아있다. 아동용이라서 그런지 코제트의 어린 시절을 많이 보여준다.

그 밖에 원작에서 코제트가 혁명에 전혀 참가하지 않고 너무 수동적으로 그려졌다는 비판을 의식해서인지 다소 적극적인 코제트의 모습을 보여주거나, 팡틴의 처녀 시절과 몰락 과정을 세세히 그리거나, 장발장이 코제트에 대해 부정 이외에 연정을 느끼는 것처럼 묘사한 드라마 등, 정말 많은 영상물이 나왔다.

어쨌든 한 편의 소설을 읽고 거기에서 파생된 작품들을 찾아보니 여간 흥미로운 게 아니다. 인간은 변할 수 있다는 믿음, 법과 자비의 갈등, 용서와 화해, 당시 민중의 비참한 모습, 순수한 사랑과 열정, 조국애, 타인을 위한 희생 등, 감독이나 연출가가 원작을 어떻게 해석하는지에 따라 표현 방식과 주안점이 달라지고, 작품 자체의 분위기도 많이 달라진다. 작품마다 감독의 철학과 개성이 드러나는 것이다.

2차 창작물은 독자적인 저작물로 인정된다고 하니, 거기에 기반을 둔 3차 창작물도 나올 수 있다. 실제 뮤지컬을 패러디하거나 인물 간의 관계를 새롭게 설정하는 팬픽도 많다고 한다. 『레 미제라블』은 끊임없이 창작의 샘을 자극하는 문학의 화수분인 셈이다. 이렇게 다양하고 풍부하게, 여러 버전으로 표현하고, 해석하고, 가공할 수 있는 작품이 있다는 것은 부러운 일이다.

『레 미제라블』 덕분에 7월 초의 무더위를 수월하게 견뎠다. 남은 더위는 위고의 다른 작품인 『파리의 노트르담』과 함께 이겨내 볼까 곁눈질하는 중이다.

나이 듦

오디오북으로 푸시킨의 『예브게니 오네긴』을 듣다가 오네긴의 나이를 알고 조금 놀랐다. 오네긴이 친구 렌스키를 결투 끝에 죽이고 방랑길에 올랐다가 다시 돌아왔을 때, 그러니까 온갖 풍상과 애환을 맛보고 쉴 곳을 찾아 돌아온 나이가 스물여섯이라는 것. 스물여섯이라니, 스물여섯이면 이제 막 사회에 발을 내딛거나 내디딜 준비를 하는 희망에 부푼 나이 아닌가. 그런데 푸시킨은 그 나이를 '지금은 돌아와 거울 앞에선 내 누님 같은' 나이로 묘사하였다.

푸시킨이 살았던 19세기 초에 유럽의 평균 수명이 45세 정도였다고 하니 한편으론 수긍이 가기도 하지만, 같은 책에서 마흔을 '배가 나오고 소파에 앉아 꼬박꼬박 조는' 나이라고 표현하니까 좀 서글퍼졌다. 마흔을 훨씬 지나 환갑을 바라보는 나는 푸시킨식이라면 이제 소파가 아닌 침대에 누워 지는 잎을 자신인 양 바라보고 있어야 할 때 아닌가. 화려한 꽃을 피우거나 알록달록 아름답게 물든 기억도 없는데 오호라, 이제는 어느 자리로 떨어져야 할지 기웃거리며 고민을 해야 하다니.

물론 의료기술의 발달과 생활환경, 영양의 개선 등으로 평균수명은 꾸준히 증가하여 우리나라의 경우는 2020년 현재 83.5세라고 한다. 백세시대라는 말이 자연스럽게 통용되는 걸 보니 평균수명은 100세를 넘어 120세도 가능할 것 같다. 수명을 결정짓는다는 말단염색체 길이를 늘이거나 아예 장기를 교체해가며 영생을 꿈꾸는 노력도 계속되고 있다. 이런 추세를 반영하듯 유엔에선 인생의 단계를, 0~17세를 미성년, 18~65세를 청년, 66~79세를 중년, 80~99세를 노년, 100세 이상을 장수 노인으로 나누어 나이 구분을 새롭게 정하였다고 한다. 청년기가 상당히 긴 셈이지만 이 구분대로라면 나는 아직 청년기에 해당하니 기분은 좋다. 하지만 이건 그저 심리적 위안일 뿐이고, 이런 데서 위안을 찾는다는 것은 '나이는 숫자에 불과하다' 란 말에서 위안을 찾는 것만큼이나 나이 듦을 의식하고 있다는 증거이다.

어쨌든 나이가 들어가니 키케로의 「노년에 대하여」란 에세이에 공감이 간다. 거기에서 키케로는 노년이 비참해 보이는 것은 노년은 우리를 활동할 수 없게 만들고, 우리 몸을 허약하게 하며, 우리에게서 거의 모든 쾌락을 앗아가고, 죽음에서 멀리 떨어져 있지 않은 시기라는 네 가지 이유를 들고 그에 대해 하나하나 반박하고 있다. 우선 몸은 약해지지만, 정신력으로 할 수 있는 일은 얼마든지 가능하다며 그리스에서 최고 관직을 수행하는 원로원의 구성원이 실제 노인들이었다거나, 고령에도 활동을 멈추지 않았던 소포클레스, 호메로스, 헤시오도스, 제논, 플라톤, 디오게네스 등 작가와 철학자의 예를 든다. 그리고 감각적 쾌락이 없어지는 노년이야말로 이성과 지혜를 밝히고 연구와 학문에 매진할 수 있는 시기이며, 마지막으로 젊은이는 오래 살기를 바라지만 노인은 이미 오래 살았기 때문에 젊은이들보다 형편이 나은 셈이라며 노년의 삶에 대해 위무하고 있다.

로마 시대의 평균수명은 약 25세로 지금으로선 믿기지 않을 만큼 짧았던 편인데, 이런 상황에서, 그러니까 일반적인 사람들보다 훨씬 오래 삶을 누리면서 노년에 대해 불평한다는 것은 욕심이 과한 게 아닌가. 그리고 키케로의 충고는 더 이상 보태고 뺄 것도 없이 노년을 대하는 정석이라는 생각도 든다. 키케로는 "소년은 허약하고, 청년은 저돌적이고, 장년은 위엄이 있으며, 노년은 원숙하다"며, "이런 자질은 제철이 되어야만 거두어들일 수 있는 자연의 결실과도 같다"라고 하였다.

물론 젊다는 건 얼마나 좋은 것인가. "청춘! 이는 듣기만 하여도 가슴이 설레는 말이다. 청춘! 너의 두 손을 가슴에 대고, 물방아 같은 심장의 고동을 들어 보라. 청춘의 피는 끓는다. 끓는 피에 뛰노는 심장은 거선의 기관같이 힘 있다." 민태원의 낭만적인 수필 「청춘 예찬」이 아니라도 청년기는 그 힘이나 모습이나 열정이나 가능성으로 찬미 받아 마땅하다.

그런데 청년기는 활기에 넘치고 약동하는 시기이기도 하지만 그만큼 미숙하여 판단을 그르치기도 하는 시기이다. 오네긴은 렌스키의 행동이 마음에 들지 않아 화풀이로 렌스키의 약혼녀 올가를 유혹하여 춤을 추고, 질투에 눈이 먼 렌스키는 오네긴에게 결투를 신청한다. 그들이 중년으로 접어든 나이였다면 죽음을 담보로 하는 무모한 행동을 벌이지 않았을 것이다. 가족이라든가 직장이라든가 각자 지키고 책임져야 할 것들이 어깨를 누르거나, 삶의 경험이 쌓여 상황을 느긋하게 바라보고 한발 물러서는 여유를 가질 테니까. 아, 청춘은 아름답지만 얼마나 무모하며 얼마나 미숙한 시기인가.

그러니 유엔이 정한 긴 청년기는 마음의 위안은 될지언정 실제 상황이라면 좀 문제가 생길 수도 있겠다. 인생의 대부분의 시간이 질풍노도기에 속하여 아프니까 청춘이다, 흔들리니까 청춘이다 하며 도무지 안정을 찾기 어려울 테니 말이다. 그리고 나이가 들어서까지 청년기처럼 생생하고 팔팔하다면 생에 대한 집착과 욕망이 얼마나 강할 것인가. 나이가 들어 조금씩 몸이 약해지고 정신의 끈이 느슨해지는 것은 삶에 대한 욕망을 조금씩 거두고 죽음을 준비하라는 자연의 섭리가 아닌지.

공자는 60세를 가리켜 이순이라 하였다. 귀가 순해진다는 것이니 다른 사람의 말을 잘 이해할 뿐 아니라 그것을 포용하는 너그러운 마음을 갖게 된다는 뜻이다. 그러니 가장 이상적인 것은 청년의 심장과 노년의 귀를 갖는 것이 아닐까. 나이가 들어도 열정과 호기심을 잃지 않되 자기 고집만 내세우지 말고 주변의 소리에 주의 깊게 귀 기울이며 다른 사람의 의견을 수용하고 조율하며 살아가는 것. 이것이 이상적인 노년의 모습이 아닐지. 해가 바뀌니 나이 듦에 대해 이래저래 생각이 많아진다.

윤독의 즐거움

"작가는 자신의 공간을 만드는 창설자이며, 언어의 땅을 경작하는 옛 농부의 상속인이며, 우물을 파는 사람이며, 집 짓는 목수이다. 이와 반대로 독자는 여행객이다. 남의 땅을 이곳저곳 돌아다니고, 자기가 쓰지 않은 들판을 가로질러 다니며 밀렵하고, 이집트의 재산을 약탈하여 향유하는 유목민이다." 로제 샤르티에의 『읽는다는 것의 역사』 머리말에 나오는 이 말은 독서라는 행위에 대한 통찰을 보여준다. 작가는 재배하고 독자는 맛본다. 작가는 만들고 독자는 누린다. 작가는 보여주고 독자는 즐긴다. 즐기는 방법은 여러 가지이다.

다독, 정독, 계독, 남독 …. 모두 여러 가지 독서 방법을 나타내는 말들이다. 많이 읽고, 꼼꼼하게 읽고, 주제별로 읽고, 주제와 상관없이 닥치는 대로 읽고 …. 그뿐 아니라 빨리 읽는 속독, 메모해 가며 상세히 읽는 지독, 차근차근 빠짐없이 읽는 통독, 필요한 부분만 골라 읽는 발췌독 등 독서에는 참으로 다양한 방법이 있다. 이처럼 어떤 행위를 가리키는 낱말이 많다는 것은 그것이 범용성을 갖는 일반적이고 가치 있는 일이기 때문일 것이다.

이런 여러 가지 독서 방법이 주로 책의 내용 이해와 관계된 것이라면, 말 그대로 '읽는다'는 기능에 충실한 분류법으로 음독(낭독)과 묵독을 들 수 있겠다. 음독은 소리 내어 읽는 것이고, 묵독은 눈으로 읽는 것이다. 글자는 표음 기호의 조합이므로 발화를 전제로 하고 있다. 그러니 소리 내어 읽는 음독이 독서의 첫출발인 셈이다. 엄마는 아이에게 책을 읽어주고 아이는 그걸 따라 웅얼웅얼 소리를 내본다. 하지만 아이는 자라면서 이내 조용히 눈으로 읽는 묵독의 세계로 빠져든다. 나이가 들수록 독서는 취향에 좌우되는 지극히 개인적인 일이 된다.

그런데 불과 몇 세기 전만 해도 동서양을 막론하고 독서는 크게 소리 내어 읽는 일종의 과시였다. 소리 내어 읽음으로써 비문해자에게 책의 내용을 전달하고, 사교의 장을 마련하였으며, 타자와의 관계에서 우위를 점하는 수단이었다. 책 자체가 워낙 귀하고 글을 아는 사람도 드물었을 테니 그럴 만도 하다. 묵독이 자리 잡기 전까지 독자란 낭독하는 소리를 듣는 청중이었다.

물론 묵독이 보편적인 독서 방법으로 자리 잡았다고 해서 음독이 사라진 것은 아니고, 묵독과 음독은 저마다의 장단점이 있다. 묵독은 눈으로, 또 글자가 아니라 문장 단위로 읽기 때문에 빠르게 읽을 수 있고 글의 내용을 폭넓게 상상하고 좀 더 정확히 이해할 수 있다. 음독은 오감을 다 사용해서, 글자를 눈으로 읽을 뿐 아니라 발음을 하면서 입술과 혀의 감각, 목구멍의 울림, 자기 목소리를 들을 때의 청각까지 자극되어 기억의 효과가 높다고 한다. 읽으면서 깊이 음미할 수 있고 다른 사람에게 글 내용을 실감나게 전달할 수도 있다.

조선 시대에도 글 읽는 소리를 통해 선비의 됨됨이와 지식을 가늠했다. 『어우야담』에 나오는 유명한 야사로 정인지를 흠모한 처녀 이야기가 있다. 담 너머로 들리는 정인지의 글 읽는 소리에 반한 옆집 처녀가 담을 넘어 정인지를 찾아왔다. 정인지는 부모님께 말씀드려 정식으로 혼인 절차를 밟겠다고 약속하고는 이튿날 이사를 가버렸고 버림받은 처녀는 상사병으로 죽고 말았다. 이처럼 글 읽는 소리에는 단순한 소리 이상의 영혼을 울리는 무엇이 있다.

음독의 한 방법으로 윤독이 있다. 윤독이란 여러 사람이 돌아가며 낭독하는 것이다. 학교에서 교과서를 읽을 때 학생들이 돌아가며 읽는 것과 같다. 몇 해 전부터 해온 독서 모임에서도 윤독을 하기 시작했다. 한 주일에 한 번, 두 시간 정도 시간을 내서 책을 돌려 읽는데, 책에 따라 다르지만 두 시간에 대략 35장 남짓 읽는 편이다. 일주일에 한 번이지만 가랑비에 옷이 젖듯 시나브로 한 권의 책을 읽게 된다.

윤독을 하면 낭독의 장점을 모두 가져오면서 몇 가지 좋은 점이 더 있다. 우선 혼자 읽기 힘든 책을 읽을 수 있다. 특히 두꺼운 책일 경우는 그 부피에 압도되어 시작이 꺼려지고, 다소 어려운 책은 무슨 내용인지 모르니까 읽다가 도중에 그만두기 쉽다. '빨리 가려면 혼자 가고 멀리 가려면 함께 가라'는 말이 있다. 누군가와 동행하면 서로 격려하고 이끌어주기 때문에 고단한 여정을 견디기 쉽다. 책 읽기도 마찬가지인데, 사실 독서는 재미도 있지만 힘든 일이기도 하다. 한 권의 책을 끝까지 읽으려면 집중력과 인내가 필요하다. 어울려 읽으면 일단 읽기 시작하게 되고, 나중에 그만두고 싶은 유혹을 훨씬 수월하게 이겨낼 수 있다.

그리고 윤독은 독서 토론에 대한 부담을 줄일 수 있다. 토론이 주가 아니라서 보통 책을 읽은 뒤에 잠시 시간을 내어 책에 대한 궁금증이나 소감을 나누기 때문에 가만히 있어도 별로 표가 나지 않고 귀동냥으로 듣는 지식도 쏠쏠한 편이다. 무엇보다 윤독을 통해 상대방을 더 잘 이해할 수 있다. 사람마다 얼굴과 말소리가 다르듯 낭독할 때도 그 사람만의 말의 표정이나 습관이 있다. 이러한 독특한 개성을 알게 되면 책의 내용을 이해하는 데도 도움이 된다. 상대방 목소리에 귀를 기울이게 되므로 집중력도 높일 수 있다.

코로나 때문에 대면 모임이 어려워 독서 모임도 비대면으로 바뀌었다. 그러다 보니 뜻이 같다면 장소에 상관없이 함께 책을 읽을 수 있다. 집에서 책을 펼치기만 하면 되므로 오가는 시간을 줄일 수 있고 장소 대여료나 커피값이 들지 않아 더욱 좋다. 코로나 시국이 끝나더라도 윤독의 경우는 계속 비대면으로 하는 게 나을 것 같다. 필요하면 번개 모임을 하면 되니까.

새해가 되면서 윤독에 남편을 끌어들였다. 퇴근 후에 컴퓨터로 바둑을 두거나 텔레비전을 보는 게 낙인 남편을 부추겨 일주일에 한 번 『사기 열전』을 읽기 시작한 것. 몇 회 지나지 않은 것 같은데 벌써 「맹상군 열전」을 읽고 있다. 시작이 반이라니 마음으론 반의반을 더하여 거의 다 읽은 것 같아 다음엔 무슨 책을 읽을까 즐겁게 궁리 중이다.

2부

십일월

가로수

가로수를 보면 기찻길이 생각난다. 점점 좁아지다 아득히 소실점으로 사라지는 쭉 뻗은 가로수 길을 보면 길을 따라 한없이 걷거나, 어디 멀리 여행을 떠나고 싶어진다. 줄지어 선 여름날의 푸른 가로수를 보면 햇살이 튀던 운동장에서 오와 열을 맞추어 걸으며 열병과 분열을 연습하던 고등학교 교련시간이 생각난다. 바람에 나뭇잎을 흔드는 가로수를 보면 전국체전 때 마지막 마라토너에게 박수를 쳐주던, 길가에 늘어선 사람들의 함성이 생각난다. 차비를 아끼려고 무거운 장바구니를 양손에 들고 너덧 정거장 거리를 걸어가며, 스무 그루 더 가서 쉬어야지, 열 그루 더 가서 쉬어야지 주문처럼 외우던 신혼 시절이 생각난다. 그때 가로수는 가지를 흔들며 조금만 더 힘내, 조금만 더 하면서 나를 위로하고 격려하는 듯했다.

만약 가로수가 없다면 길은 얼마나 삭막하고 쓸쓸하겠는가. 미끈하게 뻗은 고속도로는 빠르게 내달리지만, 정감이 가진 않는다. 덜컹덜컹 버스가 설 때마다 손에 잡힐 듯이 차창에 가지를 드리우고 있는, 새순과 녹음과 단풍과 빈 가지의 사계절을 몸으로 보여주는 가로수가 있는 길이라야 길은 길답고 정답다. 그리고 보통 아름다운 길이라고 할 때는 숲길이 아닌 다음에야 길가에 심어진 가로수의 아름다움이기 십상이다. 우리나라에서 가장 아름다운 길로 꼽히는 하동의 십 리 벚꽃길이 그렇고 담양의 메타세쿼이아 길이 그렇다.

하지만 어느 나무나 가로수의 소임을 맡을 수 있는 것은 아니다. 도시의 매연이나 분진, 병충해에 강하고, 적당한 높이에서 가지를 뻗어 수형이 아름답고, 봄철에 알레르기를 일으키는 꽃가루를 날리지 않아야 한다. 그래서 수많은 나무 중에 가로수에 적당한 나무는 그리 많지 않다. 은행나무, 느티나무, 느릅나무, 백합나무, 삼나무, 모감주나무, 은단풍 등이 손꼽히는 가로수용 나무들이다.

나는 그중에서 은행나무 가로수 길을 좋아한다. 가을날 황금빛으로 물든 은행나무를 보면 나무 한 그루 한 그루가 커다란 등불을 들고 서 있는 것 같다. 그래서 청명한 가을날 은행나무 길을 걸으면 세상은 환하게 밝아 보이고 그 아름다움에 가슴이 벅차오른다. 은행나무는 오염에 강하다고 한다. 잎에 독성이 있어 벌레도 들지 않는다. 살아있는 화석이라고 불리는 이 고대의 나무가 자동차와 빌딩의 숲에서 당당히 가슴을 열고 가지를 벌리고 서 있는 모습은 과거와 현재의 해후 같은, 시간을 초월한 감동을 준다.

봄에는 이팝나무 가로수가 볼만하다. 이팝꽃은 벚꽃이 지고 나서 얼마쯤 지난 오월 초순경에 핀다. 신록이 우거져가는 무렵 초록 가운데 하얀 이팝꽃은 고봉으로 담긴 쌀밥처럼 푸근하다. 줄지어 선 나무마다 구름같이 핀 이팝꽃은 순백의 면사포를 쓴 오월의 신부를 닮았다. 벚꽃처럼 화사하진 않지만 흠 없이 깨끗하고 청초하여 순결한 느낌을 준다. 이팝꽃은 팔랑개비처럼 진다. 이팝꽃이 머리에, 어깨에 팔랑팔랑 내려앉을 때 이팝나무를 올려다보면 초록으로 짙어진 나뭇잎이 싱그럽다. 여름이 성큼 다가온 것이다.

하지만 무엇보다 가로수의 전형은 느티나무가 아닐까 한다. 느티나무는 한여름의 녹음과 그늘이 좋다. 옛날에 마을 어귀의 당산나무로 늙어가면서 농부들에게 시원한 그늘을 드리워주던 음덕이 현대 도심의 가로수에도 면면히 이어지는 것이다. 느티나무는 또 수형이 아름다운 나무이다. 굵고 미끈한 둥치와 알맞은 중간 가지, 잎 진 뒤의 잔가지가 섬세하고 아름답다. 겨울날 길가에서서 하늘을 올려다볼 때 우듬지에 가느다란 잔가지들이 레이스처럼 얽혀 있어 겨울나무의 아름다움을 유감없이 보여준다.

초등학교 때 우리는 마을 앞 신작로에 버드나무를 심어 가꾸었다. 그때는 수업 중에 운동장에 나가 풀을 뽑거나, 돌을 치우거나, 심지어 가까운 산으로 송충이를 잡으러 가기도 하는 노역이

흔히 있었는데, 가로수 심기도 학교 차원에서 이루어진 일이었다. 자기가 심은 나무에는 이름표를 달아 책임지고 가꾸게 하여 나무는 젖먹이가 자라듯 하루가 다르게 무럭무럭 자라 얼마 안 있어 그늘을 이루고, 고등학교쯤에는 아름드리나무로 자라났다. 정말 멋진 가로수 길이었다. 가로수 길을 걸을 때마다 뿌듯했다. 봄이 되면 마른 가지에 아른아른 연둣빛 물이 오르고, 미끈하고 길쭉한 잎이 나기 시작하면 얼마 안 되어 하얀 씨앗이 솜털에 싸여 떠다닌다. 여름엔 푸르고 짙은 녹음과 그늘을 이루고 바람이 불면 너울너울 춤을 추었다. 보기만 해도 가슴이 시원해지는 가로수 길이었다. 먼 길을 떠났다 돌아올 때도 버드나무 가로수가 보이면 기운이 났다. 집이 가까워진 것이다.

그런데 몇 해 동안 고향을 떠났다 돌아오니 버드나무 가로수가 플라타너스로 바뀌어 있었다. 봄철에 날리는 솜털 때문에 그 아름드리 버드나무를 다 베어버렸다고 했다. 고사리손으로 가꾸었던 나무가, 성장기와 젊은 시절을 함께하고 함께 늙어갈 줄 알았던 나무가 그만 사라져 버린 것이다. 아, 그때의 허전함이란! 물론 지금은 플라타너스도 아름드리로 자라 멋진 가로수를 이루었지만, 그때 버드나무 가로수가 없어진 아쉬움과 슬픔은 쉽게 가시지 않았다.

며칠 전, 마을버스를 기다리며 정류장에 서 있으니 건너편 담장 위로 하얀 것들이 동동 떠다니고 있었다. 벌써 버드나무 솜털이 날리는 때인가 하며 자세히 보니 그것은 비눗방울이었다. 대여섯 살쯤 되어 보이는 남자아이가 열심히 비눗방울을 불고 있었는데, 요즘은 비눗방울도 어찌나 성능이 좋은지 하얗게, 투명하게 반짝거리며 터지지도 않고 오래오래 떠다녔다. 그 비눗방울을 보고 순간 버드나무 솜털인 줄 알고, 이어 우리 마을 신작로에 있던 버드나무 가로수를 생각해 내다니, 가로수는 베어졌지만, 그 뿌리는 마음 깊숙이 뻗어 나이가 들수록 그리워진다.

나의 백일장

운동회, 소풍, 축제 등 가을이면 떠오르는 여러 행사 가운데 백일장이 있다. 여러 사람이 모여 같은 글제를 두고 솜씨를 뽐내는 백일장은 유독 가을에 많이 열리는 편이다. 문자와 관련된 한글날이란 기념일이 가을에 있고, 바깥 나들이하기에 알맞게 청명한 날이 많으며, 가을바람이나 낙엽이 주는 고적하고 쓸쓸한 느낌에 왠지 감성이 풍부해지는 계절이라 그런 것 같다. 하여튼 글 쓰는 사람들에겐 백일장에 얽힌 추억이 한두 가지쯤 있을 테고, 나 역시 그러하다.

기억할 만한 백일장으론 고등학교 2학년 때인가, 건국대학교에서 열린 전국 고교백일장을 들 수 있겠다. 당시 나는 돌샘이라는, 대전 시내 연합 문예 동아리 회원이었는데, 건국대에 진학한 선배 한 분이 자기네 학교에서 고교백일장이 열리니 돌샘 회원들도 한번 참가해 보라고 권유했다. 아, 지방의 고등학생에게 서울은 얼마나 큰 동경의 대상이며 치명적인 유혹인가. 우리는 서울 구경이라는 잿밥에 눈이 어두워 기꺼이 올라갔고, 처음 보는 서울의 대학 캠퍼스에 눈이 휘둥그레져 돌아다니다가 마감 시간이 다 되어서야 허둥지둥 글을 써냈다. 시제가 무엇이었는지 기억나진 않지만, 지금처럼 가을이었으니 가을과 관련된 어떤 것이었으리라. 하지만 결과는 참담했다. 나중에 훌륭한 시집을 낸 Y조차 최종심에서 탈락하였고, 나름 학교에서는 글 좀 쓴다고 자부하던 우리가 그동안 얼마나 우물 안 개구리였는지, 그리고 전국의 벽이 얼마나 높은지 실감을 한 게 성과라면 성과였다.

그리고 삼 년 뒤인 스물한 살 때 나는 중앙시조백일장에 참가하게 된다. 중앙일보는 지면 시조백일장을 지금까지 이어오고 있지만, 당시엔 야외 백일장도 개최하였다. 백일장 장원에게는 등단 자격을 주어 작품 활동을 지원해 준다고 하였는데, 아마 등단의 기회를 준다는 데 끌려서 서울까지 불원천리 찾아간 모양이다. 백일장이 열리던 그해 10월 25일은 갑자기 몰아친 한파에 한겨울 못지않게 추웠다. 나는 이모네서 하룻밤 지내기로 하고 전날 상경하였는데 천안휴게소에서 그해 첫눈을 맞았다. 10월 24일, 몹시 이르게 내린 첫눈은 목화송이처럼 크고 탐스럽게 휴게소 주변의 붉게 물든 단풍잎 위에 내려앉았다. 늙은 가을과 청춘의 겨울이 한자리에 있는듯한 그 기이한 풍경에 무어라 표현할 길 없는 감정이 북받쳤다.

백일장은 경복궁 뒤편 민속박물관에서 열렸는데, 시제는 '북악, 물들다'와 '한강'이었던 걸로 기억한다. 단풍이 한창이어야 할 담장 안의 나무들은 매서운 바람에 후드득 낙엽이 되어 떨어졌고, 나는 곱은 손을 호호 불며 글쓰기에 골몰했다. 경복궁 뒤편의 산이 북악산이란 걸 그날 처음 알았기 때문에 자연히 기차로든 버스로든 수차례 건너본 '한강'에 대해 썼다. 장원은 '북악, 물들다'를 시제로 택한 사십 대의 아주머니. 나는 차상이었다.

시조는 외우기가 쉬워서인지 지금도 그때의 작품을 기억하는데, 총 4연 가운데 마지막 2연은 다음과 같다.

> 산곡山谷은 국향菊香, 그 아래 버들 머리 감고/ 허리께쯤으론 중량重量을 실어내는 아량/ 추구월秋九月 하늘은 하늘로 높푸러 얼굴 맞대 반기는 뜻// 이곳은 우리의 벌, 즈믄 해 외길로 달린/ 모가지 드리워도 댓잎같이 서슬 푸를/ 또 억겁 누리를 적실 어머니 당신의 품 안

나중에 신문에 실린 심사평을 보니, 장장 4수까지 이끌어간 저력이 인정되고, "목숨은 그 값으로 제자리 지키는데"나 "모가지 드리워도 댓잎같이 서슬 푸를" 같은 가귀가 있긴 하지만 "허리께쯤으론 중량을 실어내는 아량"이란 중장이 리듬감을 완전히 잃어버렸다. 시조는 리듬의 시인만큼 내재율을 잊어서는 안 된다는 충고가 실려 있었다. 아뿔싸! 시, 혹은 시조에서 리듬의 중요성을 그때 배웠다.

서울에서 열린 백일장에 나가본 것은 그 두 번이 처음이자 마지막이다. 나중에 울산에 와서 몇 차례 지역 백일장에 참가하고 상도 받아보았지만, 직장을 다니고 바빠지면서 그마저도 발길을 끊게 되었다. 이제 가을의 나이에 들어서서 여러 기억을 되새겨 보다 백일장에까지 생각이 미쳤다. '한강' 을 시제로 시를 쓴다면 스물한 살 때와 같이 서툰 애국주의 냄새가 풍기는 시를 쓰진 않을 것이다. 그리고 이제는 세상에 없는 Y를 떠올려 보는 것이다. 가을빛이 청명하던 대학 캠퍼스를, Y의 모표 위로 눈부시게 떨어지던 가을 햇살을(우리는 그때 교복을 입고 참가했다!), 결과를 기다릴 때의 두근거림을, 왠지 들떠서 쉼 없이 떠들어대던 차 안 풍경을.

하긴, 백일장도 이젠 많이 달라졌다. 축제나 이벤트성 행사는 많이 늘었는데, 순수하게 글솜씨를 겨루는 백일장은 오히려 규모가 줄어들거나 아예 없어져 버린 경우도 많다. 무언가 사람들의 눈길을 끌 보여줄 만한 요소가 부족해서인가, 심사하고 결과를 기다리는 그 시간을 느긋이 인내하기 어려운 것인가, 그래서 사람들의 참가율이 낮아져서일까 혹은 내가 모르는 다른 이유가 있는 걸까. 한곳에 모여 시험 문제의 글제를 써 내려간 과거시험도 사실 백일장의 한 형태이다. 앉은 자리에서 자웅을 겨루는 게 백일장의 묘미이다. 원고지 같은 종이와 필기구만 있으면 되는 이 단순하고도 소박한 행사, 옛 추억을 불러일으키는 아름다운 행사가 점점 빛을 잃어가는 것은 안타까운 일이다.

눈

눈이 자주 내리지 않는 곳에 살다 보니 눈 소식을 들을 때마다 눈이 그리워진다. 오늘도 추적추적 겨울비가 오는데, 안동 사는 지인이 거기엔 눈이 온다며 붉은 남천 잎 위에 내린 눈 사진을 보내왔다. 눈 내린 들판처럼 삽시간에 눈에 관한 생각이 가득 찬다. 지금 눈이 온다면 얼마나 좋을까. 내가 눈의 나라에 있다면. 예컨대 가와바다 야스나리의 『설국』의 첫 문장처럼. "국경의 긴 터널을 빠져나오면 눈의 고장이었다. 밤의 밑바닥이 하얘졌다. 신호소에 기차가 멈췄다."

눈의 나라에는 고등학교 때 읽은 박용래 시인의 「저녁 눈」이란 시가 있다.

늦은 저녁때 오는 눈발은 말집 호롱불 밑에 붐비다/ 늦은 저녁때 오는 눈발은 조랑말 발굽 밑에 붐비다/ 늦은 저녁때 오는 눈발은 여

물 써는 소리에 붐비다/ 늦은 저녁때 오는 눈발은 변두리 빈터만 다니며 붐비다

시인의 시선은 외따로 떨어져 있는 주막집과 근처의 빈터로 향한다. 아직 쌓이진 않고 분분히 흩날리며 내리는 눈발. 길손이 말을 타고 왔는지 마구간에 조랑말이 들었다. 오랜 길을 달려와서 조랑말도 사람처럼 시장하다. 주인은 군말 없이 여물을 썬다. 눈발이 날린다. 늦은 저녁의 여물 써는 소리처럼 붐비며 내리는 눈의 조용한 소란스러움.

이 시를 생각하면 옛집의 부엌이 떠오른다. 그을음 때문에 검게 변한 나무 문 사이로 큰언니가 아궁이에 솔가지를 밀어 넣는 게 보인다. 저녁밥을 짓는 거다. 솔가지는 타닥타닥 소리를 내며 타들어 가다 가끔 송진이 뭉친 부분에선 화르르 불길이 커진다. 가마솥 뚜껑 사이로 밥물이 끓어 넘친다. 벽에는 둥근 채반과 무시래기 두어 줄이 걸려있고, 구석의 시렁에는 하얀 사기그릇이 포개져 있다. 그 아래는 바가지가 띄워져 있는 커다란 물 항아리. 시렁 맞은편 구석엔 솔가지와 갈잎과 삭정이가 높다랗게 쌓여있다. 그런 부엌으로 붐비며 내리던 눈이 바람을 맞은 듯 갑자기 들이칠 때가 있다. 아궁이 불을 앞에 두고도 한기를 느꼈는지 언니가 몸을 일으켜 부엌문을 닫는다. 지금도 눈앞에 선연히 떠오르는 눈 내리는 저녁의 풍경.

그리고 밤새 눈이 내려 창호가 환해진 아침도 있다. 까치가 우

는 걸 보니 손님이 오시려나. 서설이다. 쌓인 눈은 흔적을 남긴다. 예닐곱 살 때의 어느 아침, 마당에 난 발자국을 보니 아버지는 나무하러 가고, 오빠와 언니들은 학교 가고, 엄마는 집안일로 바쁘고, 나만 혼자 한가해서 눈 위에 발자국을 빙 돌려가며 찍어서 꽃 모양을 만들다가, 아버지 발자국을 따라 큼직하게 발을 떼보다가, 그것마저 시들해져 뒤뜰로 가본다. 장독대와 굴뚝과 감나무와 들장미와 꽃밭의 시든 풀들 위에 눈이 쌓여있다. 그리고 미처 거두지 못한 무, 배추, 파들이 눈에 묻혀 있다. 고요한 아침이다.

김장 항아리와 무 구덩이 근처의 엄마 발자국 말고도 눈 위를 종종거리며 뛰어간 작은 새, 성큼성큼 걸어간 좀 큰 새. 무밭에 어지러이 찍힌 쥐 발자국. 바람도 불지 않는데 마른 감잎이 떨어져 내리는 것. 눈 위를 비추는 눈부신 햇살. 고요하다. 햇살이 점점 퍼지다 점심나절쯤 되면 지붕 위의 눈이 녹아 기왓골을 따라 똑, 똑 떨어지고, 고드름이 툭 떨어져 땅에 부딪히며 와사삭 부서지고, 굴뚝 근처엔 참새가 내려앉아 소란을 떨다 한꺼번에 날아가고, 그리고 다시 고요하다. 굴뚝 근처 벽에 등을 대고 햇살이 점점 따스해져 가는 걸 느끼며 해바라기하던 시간. 그 시간의 고요.

나도 박용래 시인 풍으로 시를 한 편 써 본다.

쌓인 눈을 보면 안다// 이건 장광을 다녀온 엄마 발자국// 이건 삭정이를 지러 산에 간 아버지 발자국// (나는 아버지 지게에 붉은 명과 열매가 걸려 있길 바라며)/ 이건 양말을 두 켤레씩 껴 신고 학교길에 나선 언니, 오빠들// 모양만 진돗개인 우리 집 재동이가/ 춤을 추듯 빙글빙글 돌고// 뒤란에는 무뿌리를 파헤친 쥐/ 찔레나무 밑을 금방 다녀간 것은 꿩인지 멧비둘기인지/ 그리고 마지막 남은 감잎이 툭 떨어져/ 희디흰 눈 위에 누워 버리는 것/ 그 곁에 햇살마저 드러눕는 것// 오늘은 어느 먼 곳에 눈이 내리고/ 가까운, 아주 가까운 곳에 쌓이고

시마무라는 기차를 타고 눈의 고장으로 미끄러져 갔다. 하지만 나는 기차를 탈 수 없다. 그러니 시간을 미끄러져 간다. 시간의 긴 터널을 빠져나오면 눈의 나라가 있다. 겨울의 밑바닥이 하얘졌다. 옛집의 사립문 앞에 걸음을 멈췄다. 살그머니 눈 쌓인 사립문을 밀어본다.

콩

추석이라고 집에 온 아이들에게 콩밥을 해주니 "또 콩밥이에요?" 하며 시큰둥한 반응이다. 객지에서 끼니나 제대로 챙기나 싶어 영양을 고려해 마련한 밥이 저항에 부딪힌 것이다. "콩이 얼마나 몸에 좋은데." 해묵은 비책의 말을 꺼내 드니 이내 잠잠해져서 콩밥을 잘 먹고, 후식으로 강낭콩 가루로 소를 넣은 송편도 두엇 집어 든다. 어릴 때라면 좀 더 까탈을 부렸을 텐데 나이가 드니 저희 입맛도 순해진 것인지 어미의 수고로움을 병아리 눈물만큼이라도 느끼는 것인지.

물론 나도 콩밥을 좋아하진 않는다. 몸에 좋다니 되도록 지어 먹으려는 것이지 어릴 때는 "콩이 얼마나 몸에 좋은데." 하는 엄마의 지청구를 수없이 들으며 겨우 숟가락을 들었다. 시골 농사가 대개 그렇듯 우리도 논농사는 주로 아버지가, 밭농사는 엄마가 지었다. 엄마는 밭에 감자, 옥수수, 고추 등을 심었는데, 그중

콩은 엄마가 유난히 좋아하는 작물이다. 두부를 해서 내다 팔아 다섯 남매를 기르셨으니 각별하기도 했을 것이다. 그래서 어릴 때는 늘 콩에 둘러싸여 지냈다. 논두렁 같은 자투리땅에도 메주콩이나 강낭콩을 알뜰히 심어서 논두렁을 지날 때마다 콩 포기를 피해 다녀야 했다.

콩은 꽃이 예쁘다. 콩잎이 넓고 무성한 편이라 꽃이 두드러져 보이진 않지만, 나비처럼 생긴 큰 꽃잎 아래 작고 긴 꽃잎이 혀처럼 쏙 내밀고 있는 모양새가 곱살스럽고 귀엽다. 뒤로 잦히듯 활짝 핀 콩꽃 앞에선 왠지 거짓말을 해선 안 될 것 같다. “콩은 강낭콩/ 보랏빛 꽃송이/ 송이송이 울타리에/ 조롱조롱 달렸네.” 육학년 때인가, 교과서에 나온 동시인데 울타리에 달렸다니 강낭콩이라기보단 울타리콩을 묘사한 시 같다. ‘송이송이’ 와 ‘조롱조롱’ 이란 흉내말이 주는 느낌 그대로 콩꽃은 소박하면서도 앙증맞다.

콩꽃이 지고 꼬투리가 어느 정도 자라면 엄마는 바가지에 풋콩을 따와서 까게 하셨다. 아, 이때부터 지겨운 강낭콩밥의 시작이다. 물론 풋콩은 폭신하고 부드러우며 싱그러운 맛이 난다. 하지만 다 익어 딱딱해진 콩은 좀 다르다. 밤새 물에 불려도 껍질은 질기고 미끄럽고 맛은 퍼석퍼석하다.

가을이 깊어져 누렁누렁 콩이 익으면 콩바심을 하였다. 강낭콩이나 동부는 메주콩보다 양이 많지 않아 커다란 함지박에 담아두고 방 안에서 꼬투리를 벗기고, 메주콩은 콩 줄기를 볕에 말렸다가 마당에서 도리깨질을 했다. 도리깨에 맞으면 콱콱콱 소리를 내며 깍지가 터지면서 콩들이 와르르 와르르 사방으로 흩어진다. 김용태 시인이 “콩 잡아라, 콩 잡아라, 굴러가는 저 콩 잡아라.” 하고 다소 호들갑스럽게 표현한 것처럼 작고 동글동글한 콩알은 떼굴떼굴 굴러가서 추녀 아래 낙숫물 자국에 모이거나 나중엔 섬돌 위 고무신 속에서도 나오곤 하였다.

콩바심이 끝나면 마른 콩 줄기는 부엌으로 날라서 땔감으로 쓰고, 콩깍지는 겨우내 쌀겨와 볏짚으로 쇠죽을 쑬 때 같이 넣어 끓였다. 엄마가 여물통에 넣어준 콩깍지 죽을 배불리 먹은 누렁소는 외양간에 누워 비스듬히 비치는 햇살 속에서 느리게 되새김질했다. 눈을 끔벅거리며 커다란 혓바닥으로 콧등을 핥았다. 타작이 끝난 콩들은 자루에 넣어 쥐를 피해 서늘한 윗목에 보관했다. 메주콩은 두부도 만들고 메주도 만들고 쓸 데가 많은데, 강낭콩은 오직 하나, 밥을 지을 때 주로 넣어졌다. 거의 날마다 먹는 강낭콩밥이 얼마나 지겨웠는지, “또 콩밥이야?” 투덜대면 엄마는 “콩이 얼마나 몸에 좋은데.” 한마디로 내 투덜거림을 무위로 돌렸다. 그러면 아까 그 강낭콩 동시를 떠올리며 퍽퍽하고 비릿한 맛을 견뎌냈다.

나중에 논밭을 팔게 되자 엄마는 심심하다고 집 근처 공터를 빌려 밭을 일구셨다. 그리고 여전히 콩을 심었다. 이젠 메주콩 대신 서리태, 동부, 팥, 녹두 등 여러 종류를 조금씩 심었다. 물론 강낭콩도 빠뜨리지 않았다. 그걸 잘 말려 페트병에 담아 두고 내가 친정에 갈 때마다 “밥에 두어 먹어. 나중에 또 줄게.” 하며 두

세 통씩 싸주셨다. 엄마가 준 콩으로 밥을 지어주면 "또 콩밥이야?" 아이들은 구시렁대고 "콩이 얼마나 몸에 좋은데." 나는 어릴 때의 우리 엄마가 되고.

여름이 끝나갈 무렵, 엄마의 유품을 정리하러 오랜만에 엄마 방에 들렀다. 구석에 세워 둔 페트병이 눈에 띄었다. 강낭콩과 검정콩, 팥이 가득 든 페트병 세 개. 엄마가 삼 년 넘게 요양병원에 계시다 돌아가셨으니 그 콩들도 삼 년이 넘었을 거다. 막내딸이 오면 주려고 따로 남겨둔 건가. 아니, 아마 텃밭에 심을 요량으로 잘 말려 보관해 둔 종자들인 듯싶다. 농부는 굶어 죽어도 종자를 베고 죽는다던가. 편찮으신 중에도 튼실한 콩을 골라 따로 넣어 둔 것이다. 보관이 잘 된 콩은 통통히 여물어 여전히 정갈하고 단단했다. 엄마가 요양병원에 계시는 동안 밭은 쓸쓸히 비어가고, 땅 주인은 집을 지을 거라며 임대를 거두었다. 이제 이것들을 어디에 심어야 하나. 두 손 가득 콩들을 움켜쥐고 나는 오래도록 망연히 앉아 있었다.

십일월

십일월이다. 가을이 살짝 모자를 들어 올리며 작별을 고하고 겨울이 외투 자락을 펄럭이며 다가오는 달이다. 상강을 지난 날씨는 갑자기 싸늘해지고, 해가 짧아져 길게 드리워진 그림자를 앞세워 집에 돌아오면서 다시 한번 중얼거려 본다. 십일월이네. 벌써, 어느덧, 이제, 어느새 십일월이다. 막다른 골목에 들어선 기분.

시월엔 카톡에 간간 〈시월의 어느 멋진 날에〉 같은 가을에 대한 노래들이 올라오더니 십일월엔 그마저 침묵이다. 십일월의 노래는 어디로 갔나. 그러고 보니 아침마다 노래하던 뒷산의 새들도 이제 지저귀지 않는다. 새들의 지저귐은 어디로 갔나. 마지막 가을 햇볕을 쬐던 호박벌은. 은빛으로 떠다니던 박주가리 씨앗은.

십일월을 색깔로 표현한다면 무슨 색일까. 황금빛 은행잎과 찬란하던 단풍은 이내 빛을 잃고 갈색으로 변해 땅에 떨어진다. 빽빽하던 숲은 헐거워지고 나뭇가지 사이로 무겁게 가라앉은 잿빛 하늘이 보인다. 새파란 하늘과 타는 듯 붉던 단풍이 선연한 대조를 이루던 가을의 절정을 지나, 이제 하늘과 대지는 엇비슷한 색깔로 닮아가고 있다. 손가락처럼 펼쳐진 나뭇가지를 보면 나무와 하늘이 서로 껴안거나 악수를 하는 것 같다. 십일월엔 저들도 쓸쓸한 것이다.

십일월은 변덕스럽다. 부드럽게 불던 가을바람은 갑자기 사나워져 유리창을 흔들고, 싸늘한 가을비는 어느 날 문득 진눈깨비가 되어 어지러이 흩날린다. 해는 안갯속에서 흐리게 떠 있고, 낙엽은 아스팔트 길을 제멋대로 굴러다닌다. 십일월은 한 해의 뒷모습이 보이기 시작하는 달이다. 노을이 주홍을 지나 보랏빛으로 물들다 점점 어둠에 잠겨가는 저물녘처럼 약속이나 다짐을 이루기엔 남은 시간이 너무 짧다. 초조와 불안이 우리를 지배한다. 추수가 끝난 뒤 빈 들판처럼 스산함과 공허가 우리를 압도하는 것이다.

하지만 십일월이 불안과 우수의 달만은 아니다. 십일월은 음력으로 시월에 해당한다. 예로부터 음력 시월을 상달이라고 하였다. 상上이란 위란 뜻이니 가장 윗길인 달, 가장 신성한 달이란 뜻이다. 그래서 시월엔 하늘에 감사를 드리는 제천의식을 거행했다고 한다. 고구려의 동맹이나 예의 무천, 삼한의 시월제, 고려의 팔관제 등이 시월에 있던 국가 규모의 제천의식이다. 마을의 동제나, 조상의 묘소를 찾아가 제사를 지내는 묘사도 시월에 지냈다. 이러한 제사는 가을걷이를 마치고 감사한 마음으로 햇곡식과 햇과일을 조상에게 바치며 내년의 풍농을 기원하는 일종의 추수감사제인데, 그러한 경건하고 신성한 의식이 음력 시월, 양력으론 십일월에 행해졌다. 그러니 십일월은 하늘과 가장 가까운 달인 셈이다.

이러한 경건한 십일월의 의미를 가장 잘 나타내는 말은 갈무리가 아닐까 한다. 갈무리란 일을 마무리하고, 물건을 저장하거나 간수해 두는 일을 말한다. 예전엔 가을걷이가 끝나면 농기구는 잘 씻어 헛간에 걸어두고 씨앗은 자루에 담아 광이나 윗목에 보관했다. 김장독을 응달에 묻고 시래기는 잘 마르도록 처마 밑에 걸고, 부엌 구석엔 천장에 닿을 정도로 장작이나 나뭇단을 쌓아 두었다. 부지런히 가을을 거두어 겨울 맞을 채비를 하는 것이다. 초가에 새 지붕을 올리고 창호에 문풍지를 바르는 일도 십일월에 했다. 얼마 전까지만 해도 겨우내 쓸 연탄을 들이는 일도 십일월의 큰 행사였다. 연탄이 가득 실린 구판장의 리어카 뒤를 밀며 개선장군처럼 돌아오던 어린 시절의 푸근함이라니.

김장을 묻고, 연탄을 들이고, 마당의 수도꼭지를 헌 옷으로 잘 감고 나면 입동이 지나 어느덧 소설에 이른다. 한 해의 첫눈이 내린다.

아파트에 살면서 시래기를 엮지도, 장작을 패지도 않는 지금은 무엇을 갈무리해야 할까. 레오 리오니의 『프레드릭』이란 그림책엔 겨울을 위해 옥수수와 나무 열매를 모으는 친구들과 달리, 햇살과 색깔과 이야기를 모으는 프레드릭이란 생쥐가 나온다. 프레드릭은 긴 겨울에 재미있는 이야기로 쥐들의 지루함을 달래준다. 프레드릭이 마지막 햇살과 색깔과 이야기를 모으는 때도 십일월일 것이다. 긴긴 이야기를 준비하며 겨울이 오기 전 한 해를 갈무리하는 달, 바로 십일월이다.

달력

달력의 계절이 왔다. 세밑이라 불리는 이때쯤 이면 은행이나 약국 같은 데서 달력을 마련해 두고 손님들에게 가져가게 하는데, 나도 단골 약국에서 달력을 하나 얻어 가지고 왔다. 이제 이 달력 하나로 한 해의 대소사와 모든 약속이 기록되고, 기억될 것이다. 동그라미, 세모, 혹은 별 모양으로. 한 장 남은 달력을 떼어내고 새 달력을 건 뒤 그 위에 다시 가벼워진 올해 달력을 건다. 새 달력은 세상에 선보이기 전의 갓난아기처럼 잠시 포대기에 싸여 있는 것 같다. 시간의 추가 기우뚱, 아래로 기운다.

어렸을 때는 달력이 아주 귀했다. 처음 본 건 일 년이 한꺼번에 나오는 한 장짜리 달력인데, 달력이 나오면 동장은 의기양양하게 식전 댓바람부터 사립문 밖에서 우리를 불러댔다. 위에는 국회의원 사진이 있고 밑에 날짜가 인쇄된 이 달력은 주로 안방의 사진틀 밑, 그러니까 가장 눈에 잘 띄는 곳에 붙여두었다. 한해 내내 붙어있다 보니 나중엔 때가 끼고 찢어져서 연말이 되면 새 달력이 나오길 목이 빠지게 기다리곤 했다.

한 장씩 뜯어 쓰는 일력도 있었다. 일력은 뜯을 때마다 하루하루 시간이 흐르고 날이 간다는 걸 확인시켜 주었다. 시계로 치면 부지런히 움직이는 초침인 셈이다. 두툼하던 일력이 얇아지면 우리는 그만큼 키가 자라 소맷단이나 바짓단이 짧아져서 한 해가 가고 있음을 실감했다. 그리고 마침내 한 장의 일력이 남았을 때, 평소처럼 확 뜯어버리던 손을 잠시 멈추고 마지막 숫자를 눈으로 천천히 더듬었다. 좀 더 오래 이 시간에 머물고 싶은지 빨리 새해를 맞이하고 싶은지 혼란스러운 감정으로.

한국의 십이경이나 세계의 명화, 여배우들 사진이 실린 멋진 달력도 있었다. 탁상용 달력도 선물로 받곤 했다. 하지만 무엇보다 가장 흔하고 편하게 쓸 수 있었던 것은 큼직한 숫자 밑에 음력이 표시된 달력이다. 세밑이 되면 아버지는 농약사나 종묘사에서 받아온 달력 두어 개를 둘둘 말아 옆구리에 끼고 술이 얼큰해져서 돌아오곤 하셨다. 그 달력을 동장이 자못 거드름을 피우며 나누어주던 벽보 달력 자리에 걸고 호기롭게 첫 장을 뜯어내셨다. 그리고 찬찬히 달력을 들여다보다 이내 침울해지곤 하셨는데, 아마 음력 1월 1일을 확인하고 제때 옷을 사주지 못해 껑충한 바지를 입은 우리를 보고 설빔을 어찌 마련할까 궁리하시느라 그랬는지도 모르겠다.

조선시대엔 달력이 책의 형태로 만들어져 책력이라고 하였다. 책력의 가장 중요한 기능은 농사에 관한 정보를 전달하는 일로, 이십사절기는 물론 기상의 변화를 예측해서 적어두었다. 하늘과 자연의 뜻을 전달하는 창구의 역할을 한 것이다. 나이가 들어가면서 나도 책력을 떠오르게 하는, 숫자만 큼직하게 적힌 수수한 달력이 좋다. 음력이 나오고, 십이간지 동물이 그려져 있고, 입춘이니 우수니 하는 절기가 인쇄된, 오로지 달력의 기능에만 충실한 달력. 생일과 제사와 결혼식과 마감일을 기억하게 하는 달력. 날마다 새로우면서도 가장 오래전의 모습을 보이는 저 표식들.

요즘엔 스마트폰 앱에 달력 기능이 있고 일정을 기록할 수 있어서 달력의 수요가 예전 같지 않다고 한다. 아이들 방에 걸어준 달력도 한 해 내내 일월이다. 하지만 세밑의 어떤 허전함, 쓸쓸함, 한 해가 가고 있다는 사실이 주는 가슴 밑바닥에서 올라오는 미묘한 한기, 이런 것들은 한 장 남은 종이 달력이 아니면 느끼기 어렵다. 그래서 돌돌 만 새 달력을 들고 어두워져 가는 도심을 걸을 때, 거리엔 어느새 캐럴이 흐르고 나무 위에 연처럼 걸린 전구들이 반짝거릴 때, 젊은이들의 맑은 웃음이 귓가를 스칠 때, 우리는 집으로 가는 발길을 재촉하다가도 빛 속에서 종종 길을 잃는 날벌레처럼 회한과 기대 속에 문득 걸음을 멈추게 된다.

운홍사지에서

쓸쓸하다고 말하지 않아도 쓸쓸한 느낌을 주는 말들이 있다. 11월, 낙엽, 저물녘, 가을비, 빈집 혹은 빈 들판, 그리고 절터, 이런 말들. 지난 일요일 저물녘에 운홍사지를 다녀왔으니 가을비를 빼고는 쓸쓸함의 요소를 다 갖춘 셈이다.

운홍사지는 웅촌면 정족산에 있다. 그전에 두서면 구량리의 은행나무를 보러 가서 찬란한 황금빛 잎들에 눈이 황홀해져 있던 터라, 폐사지 들어가는 길가의 반쯤 잎이 떨어진 갈색 나무들을 보니 사색에 잠긴 듯 고요하고 우울해 보였다. 그러다 갑자기 물결이 일 듯 잔바람이 불면서 남은 잎들이 비처럼 우수수 떨어져 내렸다. 가을의 낙엽비, 아니 낙엽의 가을비이다. 마침 길옆이 깎아지른 듯 가팔라지더니 그 아래 넓은 계곡이 펼쳐졌다. 계곡이 깊은 만큼 물소리가 깊다. 큼직한 너럭바위도 군데군데 있어 여름이라면 사람들로 붐빌 듯한데 가을바람이 서늘한 지금은 남편과 나, 둘뿐이다. 계곡 근처의 제법 규모가 큰 식당도 코로나의 여파인지 인기척이 없다.

식당을 지나니 바위가 물을 가두어 흐름이 느려져 깊은 소沼처럼 물이 고인 곳이 나왔다. 물 위를 낙엽이 반이나 둥글게 덮고 있어서 마치 계곡의 물고기를 잡으려고 그물을 친 것 같다. 아니면 불교에서 말하는 인드라망이라는, 제석천이 넓게 펼친 무수한 연기緣起의 그물을 절터의 입구에서부터 보여주는 것일까. 그렇다면 저 낙엽 하나하나는 그물을 이루는 장엄한 구슬인 셈이다. 그렇게 생각해서 그런지 계곡이 좁아지다 마침내 수로 같은 곳에 이르자 돌 위의 물이끼가 스님들의 가사처럼 황갈색이다. 잿빛 화강암은 장삼이고 황갈색 물이끼는 장삼 위에 두른 가사와 같이 의연히 법복의 빛깔을 띠고 있다.

수로를 건너 비탈을 오르자 운흥사雲興寺 터가 나타났다. 절터 입구에 세워진 안내문을 보니 운흥사는 신라 진평왕 때 원효대사가 창건해서 18세기 영조 연간에 폐사된 것으로 추정된다고 하였다. 그러니까 중건과 재건을 거쳐 대략 1200년 가까이 건재하다 폐사된 지 250여 년이 흐른 셈이다. 그 사이 기둥과 지붕이 무너져 내리고 문과 담이 허물어져 몇 기의 부도와 수조, 건물터만 남았다.

시들어가는 풀 속에 박힌 돌들을 따라 걸으며 건물의 크기를 짐작해 보았다. 생각보다 금당의 크기가 작아서 놀랐다. 하긴 옛집을 허물 때 보니 모자람 없이 쓰던 안방의 크기가 장판과 구들을 들어냈을 때 얼마나 작아 보이던지. 조선시대 운흥사는 불교 경판을 제작하는 곳으로 유명해서 한때는 천 명 가까운 스님이 기거했다고 전하며, 아침저녁으로 쌀 씻는 물이 멀리서 보면 얼음판 같았다고 한다. 만약 다시 전각과 산문, 요사채를 복원한다면 그 규모가 상당할 것이다.

좁은 골짜기로 조각보처럼 남았던 해가 떨어지자 이내 어스름이 내렸다. 어스름과 함께 무연한 쓸쓸함도 밀려왔다. 판재를 다듬고 글자를 새기던 그 많던 스님들은 어디로 갔을까. 판목을 보관하던 전각들은 어떻게 무너져 내렸을까. 시월 초인가, 김해의 대성동고분군에 올랐었다. 널무덤과 돌방무덤. 주검을 품었던 실체가 환히 드러나 있는데도 을씨년스럽거나 쓸쓸하다는 느낌은 없었다. 주변을 공원처럼 꾸미고 시내를 굽어보는 언덕바지라 시야가 확 트이기도 했지만, 그보다는 하늘이 거울처럼 맑은 초가을 한낮이라 그랬을 것이다. 그런데 운흥사지는 깊은 골짜기에 자리 잡고, 나무가 긴 그림자를 드리우는 석양 무렵에 들러서인지 황량하고 스산하다. 날도 싸늘해서 어깨를 움츠리고 옷깃을 여미게 된다. 풀이 가지런히 다듬어진 것을 보니 관리가 잘되고 있는 것 같지만 그래도 뒹구는 돌과 기왓장, 텅 빈 수조에서 배어 나오는 쓸쓸함은 어쩔 수가 없다.

하지만 쓸쓸함이 그저 처량하고 허전한 것만은 아닐 것이다. 저물녘 운흥사지가 주는 쓸쓸함에는 잿빛으로 바랜 오래된 목판처럼 마음을 가라앉게 하는 어떤 정갈함, 엄숙함이 깃들어 있다.

주변을 감싸듯 흐르는 가을 물소리 같은 서늘한 명징함. 보랏빛으로 물들어 가는 하늘을 배경으로 우뚝 선 느티나무가 주는 견결함. 가을 운홍사지는 백석의 「남신의주 유동 박시봉방」에 나오는 드물고 굳고 정하다는 갈매나무처럼 외롭고 높고 쓸쓸하다.

'운홍'은 구름이 뭉게뭉게 일어남이니 사부대중이 구름처럼 모여드는 중흥의 의미이겠다. 하지만 생生과 회會가 있으면 멸滅과 산散도 있는 법. 서산대사도 삶과 죽음을 구름이 일어나고 스러짐에 빗대 '생야일편부운기生也一片浮雲起 사야일편부운멸死也一片浮雲滅'이라고 하지 않았던가. 인드라망의 구슬은 서로서로 비추는 거울과 같으니 나고 죽고 모이고 흩어지는 것이 중중무진으로 다르지 않다고 한다.

그러니 그대, 마음이 문득 허전해지는 가을의 어느 날에는 저물녘 운홍사지에 가보라. 허전함이 저녁 이내처럼 풀어지고 마음은 가을 물처럼 가라앉아 쓸쓸함을 넘어서는 어떤 정신의 운홍, 정기의 운홍이 가슴 저 깊은 곳에서 감지될지니.

한 그루 과일나무를 심을 수 있다면

가끔 하는 생각. 마당 있는 집에 산다면, 그 집에 딱 한 그루의 과일나무를 심을 수 있다면 어떤 나무를 심을까. 사과나무, 대추나무, 포도나무. 과일을 좋아하고, 과일은 저마다의 맛과 향기와 수형을 자랑하니 후보가 많다.

빨간 열매가 탐스럽게 열리는 사과는 어떨까. 사과는 이브를 유혹한 과일인 만큼 모양과 색이 아름답고 아삭아삭한 식감이나 맛이 좋다. 아침에 먹는 사과는 금사과라 할 정도로 건강에도 좋다. 오월이면 눈부시게 피는 사과꽃도 눈을 즐겁게 한다. 가지치기한 나무로 불을 때면 은은한 사과 향이 배어 나오니 사과는 여러모로 집안에 들일만한 과일나무로 제격이다.

대추나무도 좋겠다. 대추를 하루 세 알씩 먹으면 늙지 않는다는 속설도 있고 제사에 빠질 수 없는 과일이라 그런지 대추나무는 무언가 예스럽고 정겨운 느낌을 준다. 다닥다닥 열린 대추는 밤과 함께 부귀와 다산의 상징이라 예전엔 폐백 자리에서 시부모가 신부에게 밤과 대추를 던져주었다. 요새는 현실적으로 다산이 어려운 시대니, 부귀라는 상징만 가져와도 대추나무를 보면 가슴이 뿌듯해지지 않을까.

그리고 포도나무. 포도나무는 덩굴이 있어 철사나 끈으로 지지대를 만들어 주는 게 번거롭지만, 잎이 넓고 아름다워 잘 자란 포도나무 밑은 그늘이 일품이다. 포도의 색깔은 어떤가. 예로부터 자주나 보랏빛은 고귀한 신분을 상징했으니 색깔로 치면 보라색 포도가 과일 중 으뜸이다. 어룽거리는 포도나무 그늘에 앉아 무겁게 매달린 포도송이를 보고 있으면 포도주의 신이라는 바쿠스라도 된 듯 호기롭고 남부럽지 않을 것 같다.

아니면, 자두나 배, 살구나무는 어떨까. 온난화가 진행되면서 아열대 과일도 재배가 가능하다는데 마당 한쪽에 비닐하우스를 만들어 볼 수도 있겠다.

하지만 모든 과일나무 가운데 단 한 그루의 나무를 골라야만 한다면 나는 감나무를 택하겠다. 흔히 감나무는 다섯 가지 덕이 있는 나무로 알려져 있다. 잎이 넓어 글을 쓸 수 있으니 문文이 있고, 가지를 화살로 사용할 수 있으니 무武가 있으며, 껍질과 속이 한가지로 붉으니 충忠이 있고, 서리가 내려도 가지에 달려있으니 절節이 있으며, 말랑한 홍시가 되면 이가 없는 노인도 먹을 수 있으니 효孝가 있다는 것이다. 하지만 이런 관념적 사고가 아닌 나무 자체를 보더라도 감나무는 멋스럽다. 파란 가을 하늘 아래 주홍빛으로 터질 듯이 달린 감들을 보라. 둘은 서로 보색 관계라 파란 하늘은 더 파랗고 주홍빛 감은 더욱더 붉다. 그 선연한 색의 대비가 눈이 시릴 정도다. 감을 다 따고 난 뒤 까치밥으로 두어 개 남은 풍경은 여백의 미가 느껴지는 한 폭의 동양화이다. 그러고 보니 감나무는 한중일 세 나라가 원산지라는 얘기를 들은 것 같다.

고향의 옛집 뒤곁엔 감나무가 한 그루 있었다. 그대로 먹을 수 있는 단감이나 곶감용 둥시가 아닌 떫은맛이 강한 재래종 땡감이었다. 내가 어릴 때부터 이미 성목이 되어 주렁주렁 감이 열리던 나무라 제제와 라임오렌지나무 같은 성장의 교감은 없었지만, 엄마가 장에 가고 난 뒤 긴긴 기다림과 허기를 달래주던 고마운 나무였다. 감나무 밑은 평평하고 널찍해서 놀기가 좋았다. 나중엔 감나무 밑에 평상을 두어, 뒷집에 살던 내 친구 기자와 장독대에서 따온 봉숭아와 맨드라미로 소꿉 상을 차리고 놀다가 그것도 싫증이 나면 평상 위에 나란히 누워 감이 몇 개나 열렸나 큰 소리로 세기도 했다. 쏟아질 듯 파란 하늘, 햇빛에 반짝거리던 감잎, 감잎이 바람에 뒤척이던 소리. 지금도 손에 잡힐 듯 생생하다.

감나무가 있는 집에선 대개 그러하듯이 초여름엔 감꽃을 주워 목걸이를 만들고, 늦여름엔 풋감을 소금물에 담가 떫은맛을 우려냈다. 똥구멍이 막힌다고 많이 못 먹게 했지만 입이 심심한 우리는 자주 항아리 주변을 기웃거렸고, 잘 지워지지 않은 감물로 앞섶이 늘 지저분했다. 가을에 딴 몇 소쿠리의 감들은 식구가 많아서 금세 동이 났다. 겨울밤엔 감나무 가지가 쌓인 눈을 못 이겨 우두둑 부러지는 소리를 꿈결처럼 들으며, 나는 자라고 감나무는 늙어 갔다.

옛집이 헐릴 때 화단의 풍접화와 황매화가 뽑히고, 뒤꼍의 가죽나무와 모과나무가 베어졌다. 그리고 마침내 감나무도 베어졌다. 학교에서 돌아와 그루터기만 남은 감나무를 보았을 때의 허전함이란. 나이가 들어가면서 어릴 때처럼 뒤꼍에 자주 들락거리진 않았지만, 감나무가 베어진 자리를 보니 가슴 속에 어떤 기둥 하나가 무너지는 느낌이었다.

아, 어디서 그처럼 풍요로운 나무를 만나랴. “오매, 단풍 들것네/ 장광에 골 붉은 감잎 날아오아/ 누이는 놀라서 치어다보며/ 오매 단풍 들것네// 추석이 내일모레 기둘리니/ 바람이 잦이어서 걱정이리/ 누이의 마음아 나를 보아라/ 오매 단풍 들것네” 지금도 가을이면 가장 먼저 생각나는 김영랑의 시. 고등학교 때 평상에서 연극 대사처럼 읊조리던 그 시를 듣던 감나무. 그 정겨운 나무를 어디서 다시 만나랴.

그저 상상의 집을 짓고 거기에 심을 제1호의 나무로, 아니면 지구의 종말이 올 때 스피노자가 사과나무를 심겠다고 했다면 나는 단 하나 남겨야 할, 혹은 심어야 할 나무로 감나무를 생각해 보는 것이다. 그러고 보면 감나무는 우리의 정서를 풍요롭게 하고 추억을 불러일으키는 정情이란 덕까지 더해져 여섯 가지 덕을 지닌 나무가 아닌가.

화초장

중고마켓에 화초장 매물이 올라왔다. 40여 년 전에 재벌가에서나 살 수 있던 고급 가구였다고 소개된 화초장은 문갑까지 곁들여 그때보다 4배 가까운 금액으로 값이 매겨졌다. 물가상승을 감안했겠지만 좋은 것은 시간이 지나도 가치가 유지되거나 더 올라간다. 색색의 옥돌을 정교하게 깎아 화조나 과일 문양을 만들어 붙인 화초장은 40년 세월이 무색하게 화려하고 아름다워 보였다. 놀부가 부자가 된 흥부한테서 괜히 화초장을 탐낸 것이 아니었다.

"고초장, 된장, 간장, 뗏장, 아이고 아니로구나. 초장화, 초장화, 초장화, 장화초, 장화초 아이고, 이것도 아니로구나. 이것이 무엇일까? 방장, 천장, 송장, 접장, 아이고 이것도 아니로구나. 이것이 무엇일까? 갑갑하여 못 살겠네." 화초장을 빼앗아 신이 난 나머지 노래를 부르며 돌아오던 놀부는 도랑 하나를 건너다 그만 그 이름을 잊어버렸다. 그래서 고추장, 된장, 간장 하면서 장 자가 들어간 온갖 이름을 다 불러보는 장면이다.

화초장은 문판에 꽃 그림을 그려 장식하고 안에는 해충의 침입을 막으려고 한지나 비단을 발라 만든 전통 장이다. 목질이 가볍고 무늿결이 아름다운 오동나무로 만들고 화초무늬가 정교하고 화려하여 부잣집 규방을 장식하던 고급 가구이다.

이런 멋들어진 화초장은 아니지만, 친정에는 열두 자 자개장이 두 채 있었다. 오빠 방에 있는 것은 올케가 시집올 때 해 온 것이고, 안방에 있던 자개장은 나중에 새집을 지은 뒤 오래된 서랍장과 나무 장롱을 버리고 들인 것이다. 그때 엄마가 신이 나서 함박웃음을 지으며 이리 놔라 저리 놔라 하며 일꾼을 부리던 일이 기억난다. 안방의 것은 십장생을 소재로 한 것으로 전복껍데기를 정교하게 오려 붙여 사슴, 소나무, 대나무, 불로초 등을 만들었고, 오빠 방의 장롱은 산속의 물가에 띠집이 있고 천도복숭아가 주렁주렁 달려 은둔 거사의 한가로운 생활을 표현하였다. 40년 가까이 된 장롱이지만 자개의 무늬는 여전히 영롱하고 찬란했다.

여름이면 앞뒷문과 창문을 활짝 열어 두고 자개장 앞에 펼쳐진 돗자리에서 뒹굴거리고, 겨울엔 두꺼운 솜이불 속에 들어가 귤을 까먹으며 만화책을 보던 생각이 난다. 자개장은 늘 윤이 나게 닦여있어서 어둠 속에서도 희부윰한 빛을 냈다. 자개장에 박힌 달과 소나무와 사슴 등을 보며 온갖 상상의 나래를 펼치던 날에는 가끔 기이한 꽃이 피거나 이름 모를 새가 노래하는 산속의 소로를 따라 걷는 꿈을 꾸었다.

자개를 박아 만든 가구를 나전칠기라고 하는데 이것은 나전과 칠기의 두 가지 공정으로 이루어진다. 바탕이 되는 칠기는 옻칠을 말하는 것으로 옻나무를 뜨거운 물에 쪄서 옻을 추출하여 가구에 칠한다. 옻칠을 거듭하여 검은빛이 나면 니스 칠을 하여 광택을 더하였다. 옻은 방충과 방습이 탁월하여 오래되어도 벌레를 먹거나 틀어지지 않는다. 하지만 옻을 추출하고 바르는 일은 만만찮은 공정이다. 아무리 옻을 안 탄다고 해도 다량의 옻나무를 만지다 보면 여러 차례 옻 독에 오른다고 한다. 나전 분야는 어떤가. 광택 있는 조개껍데기를 정교하게 오려내고 다듬은 뒤 부레풀로 일일이 붙여야 해서 역시 눈을 혹사하고 등을 굽게 하는 고된 일이다.

이렇게 공이 많이 드니 가격이 비쌀 수밖에 없어서 선뜻 자개장을 들이기 어려울 뿐 아니라 사실 그 무늬와 색깔이 '모던'하지 않은지라 요즘 사람들은 잘 찾지도 않는다. 이른바 전통 공예품이 가진 딜레마랄까. 그래서 장롱이나 문갑 같은 가구는 주문 제작으로 넘어가고, 보석함이나 필갑 같은 소품들이 주로 쇼핑몰에 나와 있는 편이다.

엄마의 자개장은 오래도록 안방을 지키고, 요양병원에 계신 삼 년 동안 빈방을 지키다가 엄마가 돌아가시고 나서 유품을 정리할 때 오히려 돈을 주고 실어 보냈다. 그럴 수 있다면 우리 집으로 가져오면 좋았겠지만 비좁은 아파트에 놓을 자리가 없었다. 자개장과 아울러 두꺼운 솜이불도 가져오기엔 역시 무리였다.

짐을 정리하고 고물상을 불렀다. 고물상은 가벼운 캐시밀론 이불은 가져가고 순수 국산 솜으로 만든 솜이불은 쓸 데가 없다고 그냥 두고 갔다. 아, 자개장뿐 아니라 자개장을 가득 채웠던 추억이 깃든 이불 등속도 그저 한낱 짐짝이 돼버렸다. 이사 철이면 아파트 단지 안에도 오래된 자개장이 버려진 것이 보인다. 자개장을 아끼던 세대는 가고 장롱은 이케아 같은 조립장이나 붙박이장 아니면 아예 명품 가구로 넘어가고 있다. 벼르고 별러 장만하던 자개장이 이젠 돈을 주고 버려야 할 애물단지가 된 것이다

엄마의 자개장을 떠나보낸 얼마 뒤 친정집이 팔리고, 올케의 자개장마저 어디론가 실려 갔다. 그렇게 우리 손을 떠나고 잊혔던 자개장이 화초장 판매 글을 보니 새롭게 되살아났다. 골동품점이나 고가구점이 아닌 대중들이 보는 중고마켓에 올려졌으니 화초장의 매력을 아는 새 주인을 만나 안락하기를.

우물

산업화가 진행되면서 가장 빠르게 사라진 것 가운데 하나가 우물이 아닐까 한다. 물론 집 안에 있던 우물이야 각자 사정에 따라 다르겠지만 공동우물은 대부분 메워지고 건물이 들어섰다. 우리 동네의 공동우물도 다르지 않다.

마당에 우물이 있던 집은 큰 자두나무가 있던 우리 옆집뿐이었다. 그래서 다들 공동우물을 이용했는데 다행히 우물이 우리 집 바로 옆에 있어서 그나마 편리하게 사용할 수 있었다. 평지보다 좀 높게 자리 잡은 우물에는 가장자리에 빨랫돌이 놓여있고 모서리에 홈이 파여서 물이 근처의 작은 도랑으로 흘러갔다. 우물 높이는 나지막해서 아이들도 까치발을 하면 안이 들여다보였다. 시멘트로 바른 윗부분이 끝나면 돌을 촘촘히 박은 우물 벽이 있고 그 아래 까만 우물물이 사발에 담긴 한약처럼 들어있었다.

우물은 공동체적이고 사회적인 공간이다. 우물은 이웃들과 모이는 장소이고 무언가를 교환하거나 수다를 떨거나 소문이 퍼져 나가는 곳이었다. 마을 사람들은 수박을 시원하게 할 때는 옆집 우물을 빌려 담가 두었지만, 보리쌀이나 채소를 씻고 간단한 빨래를 할 때는 공동우물을 이용했다. 그래서 우물가는 저녁 무렵 가장 활기가 넘쳤다. 우물물이 더러워지면 주기적으로 청소를 했다. 우물 청소를 하는 날은 집집마다 추렴을 해서 막걸리와 떡을 해서 돌리기 때문에 모두 모여서 구경도 하고 참견도 하였다. 먼저 우물에서 간단히 제사를 지낸 다음 마을 사람들이 우물을 퍼낸다. 어느 정도 퍼냈다 싶으면 날랜 장정이 하나 들어가서 바닥에 남은 물을 퍼 올리고 우물 밑의 자갈을 고르게 다졌다. 그러면 맑은 물이 바닥에서 솟아나며 어느새 우물에는 새 물이 가득 고이는 것이다.

우물을 퍼내면 나뭇잎이나 나뭇가지, 신발, 녹슨 동전이나 열쇠 등 그동안 우물에 빠뜨린 온갖 자질구레한 것들이 다 나왔다. 신기한 것은 미꾸라지나 붕어 같은 물고기가 나오는 것이다. 우물 앞의 작은 도랑은 사실 너무 작고 비눗물 등이 흘러들어 물고기가 살성 싶지 않았다. 혹시 앞 논 사이를 흐르는 더 큰 도랑이나 건너편 내에서 오는 것일까? 그렇다면 어떻게 여기까지 오는 걸까? 땅 밑에는 물고기만 드나드는 어떤 통로 같은 것이 있는 걸까? 혹시 우물 바닥이나 냇바닥에는 용궁이나 다른 세계로 통하는 어떤 문이 있는 건 아닐까? 어린 시절 우물은 상상력을 자극하는 신비로운 공간이었다.

우물에서 다른 세계로의 통로를 상상한다면 우물은 지극히 개인적인 공간으로 바뀐다. 하루 중 마을이 가장 고요한 때, 가끔 우물에 가본다. 가서 우물 안의 저 깊숙한 어둠을 들여다본다. 어둠에 익숙해지면 우물에 비친 얼굴이 들어온다. 얼굴은 그때그때 달라서 어떤 땐 눈코입이 선명히 비치다가도 어떤 땐 모두 뭉개지고 검은 덩어리처럼 보일 때가 있다. 그리고 무언가 떨어져서 물 표면에 주름이 지면 얼굴은 묘하게 일그러지며 각 부분이 해체되는 듯하다가 다시 모였다. 그게 재미있어서 잔돌이나 나뭇잎 같은 걸 자꾸 떨어뜨리며 얼굴의 변화를 관찰하기도 했다. 아무것도 떨어지지 않았는데 문득 물에 파문이 일 때도 있다. 그때는 저절로 주위를 돌아보게 되고 그 고요한 정적에 갑자기 무서운 생각이 들어 재빨리 집으로 돌아오곤 했다.

소리는 또 어떤가. 우물 안에 대고 아, 소리를 치면 소리는 우물 벽 사방에 부딪혀 묘한 메아리로 울렸다. 그 빨려 들 듯한 기이한 소리. 환청과도 같은 낯선 소리. 우물은 거울을 볼 때처럼 어린 시절 나를 탐색하는 중요한 장소였다. 거울은 평면이지만 우물은 입체적이고 다채롭고 신비로웠다. 나와 우물물 사이에는 우물 벽만큼의 거리가 있고 그 거리는 나의 모습을 명료와 모호 사이에서 흔들리게 했다. 윤동주가 「자화상」에서 자신을 성찰하는 장소로 우물을 택한 것도 이런 이유가 아닐까.

우물 하면 큰언니의 어릴 때 이야기도 빼놓을 수 없다. 엄마가 깊이 잠든 큰언니를 두고 작은언니를 업고 밭일을 갔을 때 잠에서 설핏 깨어난 큰언니가 엄마를 찾아 밖에 나왔다가 그만 우물 근처에서 다시 잠든 이야기. 일손이 바빠 다들 들에 나가 있어서 사위가 고요한 때, 승환이 아버지 말에 의하면 마침 밭일이 끝나 소를 앞세우고 오는데 소가 우뚝 멈춰 서더니 아무리 이랴, 이랴, 해도 가질 않아서 이상히 여겨 앞에 가보니 조그만 어린애가 잠들어 있더란다. 어린 시절 그 이야기를 귀에 딱지가 앉을 정도로 들었는데, 이야기는 항상 소가 영물이지, 영물, 하며 소에 대한 찬양으로 끝나곤 했다.

나는 좀 큰 뒤에 그 이야기를 들으며 그건 우물이 갖는 어떤 힘이 아닐까 생각한 적이 있다. 그러니까 우물은 마을 사람들에게 꼭 필요한 생명수를 공급하는 신성한 곳이고 그 신성한 힘에 소가 감응한 것이 아닌가 하는. 그러고 보니 우물에 얽힌 이야기도 뭔가 신성한 것과 결합한 것이 많다. 경주의 나정은 신라의 시조인 박혁거세의 탄강설화가 남아 있는 곳이고, 왕건에게 버들잎을 띄운 바가지를 건넨 나주의 오씨 처녀 이야기도 완산천이란 우물과 관련이 있다. 아브라함의 종 엘리에셀이 이삭의 신붓감을 찾다가 리브가를 만나고, 이삭의 아들인 야곱이 라헬을 만난 곳도 우물가이다.

물이란 생명을 유지하는데 반드시 필요하고 그 물을 길어 올리는 우물이야말로 생명의 원천인 셈이다. 그러니 혼인과 탄생이라는 근원적인 설화가 우물이나 샘을 중심으로 생겨난 것이다. 아마 내가 우물을 들여다볼 때 깊은 우물에 비친 고요한 파문에 마음이 끌린 것은, 설령 그게 우물 속 물고기의 움직임이더라도, 우물이 갖는 근원적인 신비스러운 힘이 아니었을까. 그렇다. 그건 자꾸 파괴되고 허물어지는 자연의 얼마 남지 않은 신비로움이었다.

나중에 집집마다 펌프가 생기면서 공동우물을 찾는 사람들이 차츰 줄었다. 샘물을 오래 긷지 않으면 말라버리듯 마을의 우물도 결국 말라버렸다. 우물 자리는 집터가 되었다가 지금은 빌라가 들어서 도랑이며 골목은 흔적도 없이 사라졌다. 아울러 왁자하게 터지던 웃음소리, 두런거리던 말소리, 발자국 소리, 마을을 이끌어 갔던 어떤 힘이니 전통이니 하는 것도 사라졌다. 물론 수도꼭지를 틀면 더운물이든 찬물이든 원 없이 나오니 우물은 요새는 정말 불필요한 시설인 편이다. 하지만 만약 널찍한 마당이 있는 집에 살게 된다면 우물을 하나 파고 싶다. 흩어졌던 웃음들을 하나하나 불러 모으며 거기 심연에서 솟아오른 듯한 얼굴 하나를 오래 들여다보고 싶다.

내가 만난 바다

바다를 처음 본 것은 중학교 3학년 수학여행 때이다. 그전까지 내가 본 '물'이란 것은 논두렁 몇 군데를 지나치면 나오는 집 앞의 하천이었다. 내보다는 크고 강보다는 작은, 그러나 냇물 쪽에 가까운 그 하천에서 우리는 멱을 감고, 피라미와 징거미를 잡고, 언니들이 빨래하고 배추를 씻는 것을 보며 놀았다. 얕은 곳에선 돌 몇 개를 딛고 건너갈 수 있는 하천이었지만 부족함은 없었다. 그래도 한강이니 낙동강이니 하는 큰 강보다 바다를 먼저 보러 가게 되었을 때는 바다, 그 이름이 주는 이미지에 압도되어 여러 날 잠을 이루지 못했다.

공주와 부여를 지나 서해안을 돌아오는 코스였다. 고향인 대전은 내륙 도시라 바다를 본 친구들이 많이 없었다. 그래서 부여박물관과 낙화암을 거쳐 바다를 보러 갈 때는 모두 들떠 있었다. 우리는 바다의 푸름과 넓이와 깊이에 관해 이야기를 나누거나 '초록빛 바닷물에 두 손을 담그면' 하는 노래를 목청껏 부르다가 도착할 때쯤엔 모두 고개를 빼 들고 창밖을 보았다. 아산만이라고 했다. 버스에서 내리자마자 길게 뻗은 아산 방조제 위로 올라갔다. 이게 바다인가. 마침 날이 흐려 하늘엔 금방이라도 비가 올 듯 잿빛 구름이 가득 끼어있었고, 바다는 방조제에 갇혀 거대한 회색 물웅덩이처럼 보였다.

그나마 바로 돌아가야 한다는 선생님들의 성화에 서둘러 방조제에 서서 사진을 찍었다. 세 명의 친구와 함께 찍은 그 사진은 지금도 사진첩에 들어있다. 뒷면에 9월 25일이란 날짜가 적힌 채로. 웬일인지 나는 사과 한 알을 들고 있는데, 만약 이 사진을 컬러 사진으로 바꾼다고 해도 내 손에 들린 사과만 붉게 변할 것 같다. 우리가 입은 하얀 블라우스에 검정 플레어스커트 교복과 그 날의 하늘과 바다, 모두 우중충한 무채색이었으니까. 그래서 오랫동안 바다는 초록이나 파랑이 아닌 흙탕물처럼 뿌연 이미지로 남아있었다.

그날 날이 맑았다면 좀 낫지 않았을까. 바다색이 계절과 날씨에 따라 사뭇 달라진다는 것을 그 뒤 많은 바다를 보며 알게 되었다. 예컨대 봄에는 초록, 여름엔 짙은 초록, 가을엔 청람색, 그리고 겨울엔 청회색 빛으로 바뀌고, 날이 맑으면 바다는 맑은 하늘처럼 푸르지만 흐리면 회색, 비가 오면 짙은 잿빛으로 출렁거린다는 걸. 그리고 그사이에 더 많은 색깔과 빛깔이 숨어있다는 걸. 이처럼 하늘과 바다는 서로 조응한다는 것. 하늘이 잿빛이면 바다도 어두운 회색이고 그 탁한 바다의 빛으로 하늘이 더욱 찌푸려 보인다는 것을. 그러니까 내가 처음 본 바다는 그날 날씨를 그대로 투영한 바다인 셈이다.

우울한 잿빛의 바다 이미지는 남해에 가서 다도해를 보며 사라졌다. 다도해는 섬이 많아서 커다란 호수처럼 보였는데, 마침 하늘에도 흰 구름이 둥실둥실 떠 있어 호수 위를 건너는 징검다리 같았다. 맑고 쾌청한 여름이었다. 미풍이 불어와 얼굴을 간지럽혔다. 바다는 푸른 유리구슬처럼 아름다운 초록색으로 눈부시게 반짝거렸다. 햇빛이나 달빛을 받아 반짝거리는 잔물결을 윤슬이라고 하는데, 거기에는 이슬이나 구슬 같은 영롱한 이미지가 있다. 그 눈부신 윤슬들. 대학교 일 학년이었고, 희망에 부푼 나이였고, 바다의 반짝거림은 청춘의 눈부심 같았다. 멀리 섬들이 훌쩍 뛰면 닿을 것처럼 모여 있었다. 섬들과 섬들을 건너뛰다 보면 그 끝에서, 내가 지금 바다를 마주하듯 다시 처음의 바다를 마주하리라는 생각. 그러니까 남해에서 만난 바다는 바다에 대한 첫인상을 깨끗이 씻어 버릴 만큼 맑고 푸르고 강렬했다.

기억 속에는 무서운 바다도 있다. 젊은 날, 변산의 채석강에 놀러 간 적이 있다. 만 권의 책을 쌓아놓은 것 같다고 하여 책바위라고도 불린다는 해식절벽을 빙 돌아 뒤편으로 가면 넓은 암반층이 있다. 물이 빠지면 군데군데 물웅덩이가 생기고 거기에는 따개비나 갯강구, 말미잘 같은 조간대 생물이 많이 산다. 아마 갯민숭달팽이 같은 신기한 생물을 들여다보느라 시간 가는 줄 모르고 있었는지, 문득 눈을 들어보니 저만큼 멀리 있던 바다가 성큼 다가와 있었다. 밀물 때가 되었나 보다. 둘러보니 주위에 사람들이 아무도 없었다. 아차 싶어서 그대로 달리기 시작했다.

물은 시시각각 차오르고, 이내 앞길을 막아섰다. 절벽을 보니 만조 때의 높인지 바위 색이 짙은 부분이 보였는데 그 높이가 상당했다. 결국 바위를 타고 가기로 했다. 평소라면 저기를 어떻게 가나 했을 텐데 마음이 급하니 위험한 줄도 몰랐다. 절벽의 틈새를 밟고 이동하여 겨우겨우 빠져나와서 보니 바다가 깊은 강물처럼 발밑에서 출렁거렸다. 새삼 소름이 돋았다. 바다 근처에 살지 않으니 간조와 만조의 차이에 대한 개념이 없어서 벌어진 일이었다. 그때 밀물이 얼마나 빨리 '들이닥치는' 지, 그 기세가 얼마나 무서운지 알게 되었다.

그 뒤로 채석강을 두 번인가 더 가보았다. 갈 때마다 멀찌감치 물러서서 얄미울 정도로 시침을 떼고 있는 바다를 본다. 하지만 나는 절벽에 그어진 밀물의 높이를 보며 바다가 얼마나 급작스럽게 돌변할 수 있는지, 그 표정이 얼마나 차가운지를 새삼 생각한다. 그리고 바다에 대해 다시금 겸허한 마음을 갖게 되는 것이다.

그 뒤 여러 바다를 만났다. 파도가 용머리처럼 들이치던 용두암이나 옥색으로 잔잔하던 애월 같은 제주의 바다, 바닷속을 걸어도 걸어도 깊이가 허리쯤밖에 안 되어 동고서저의 지형을 새삼 실감했던 안면도 바다, 자유 공원에서 내려다본, 그날 날이 맑아서 아, 서해가 이렇게 푸를 수도 있구나! 느끼게 해 준 인천 앞바다, 하늘처럼 바다도 붉게 물들던 정동진 바다. 그리고 목포에서 무연히 바라보며 생각하던, 세월호의 안타까운 그 바다.

지난 오월엔 포항의 칠포에 다녀왔다. 곤륜산 패러글라이딩 활강장에서 칠포 바다를 내려다보니 끝없이 밀려드는 파도가 백사장으로 하얗게 부서져 내렸다. 백마들이 하얀 갈기를 휘날리며 달려오다 스러지는 것 같았다. 봄 바다는 푸른 천을 널어 놓은 듯 드넓게 펼쳐져 있고, 고깃배인지 여객선인지 혹은 화물선인지 군데군데 배들이 흩어져 있었다. 구름은 수평선 끝에서 아득히 피어오르고 바다는 햇살을 받아 반짝거리며 게으르게 누워 있었다. 처음 동해를 보았을 때처럼 가슴이 두근거렸다. 맑은 하늘, 구름, 수평선, 배. 바다가 주는 아득한 동경의 이미지가 거기 있었다.

마르그리트 유르스나르가 쓴 『하드리아누스 황제의 회상록』이 떠올랐다. 거기에는 늙은 트라야누스 황제가 페르시아만의 무거운 파도를 눈앞에 두고 눈물을 흘리는 장면이 나온다. 정복욕에 불타 동방으로 전진을 계속하던 황제는 막막한 바다를 앞에 두고 더 이상 나아갈 기력을 잃는다. 늙음 앞에 그의 기상이 좌절된 것이다. "최초로 광대한 이 세계가, 그리고 연륜에 대한 감회와 우리 모두를 조이는 한계에 대한 느낌이 그를 압도했다. 결코 울 줄 모르리라고 사람들이 생각하던 그 사람의 주름진 두 뺨 위로 굵은 눈물방울들이 흘러내렸다. 로마의, 독수리가 그려진 군기를 그때까지 탐험되지 않은 해안까지 가지고 온 그 사령관은, 자기가 그토록 꿈꾸던 그 바다 위로 결코 배를 타지 못하리라는 것을 깨달았다."

트라야누스 황제가 육로를 택했다면 그처럼 큰 좌절을 겪지 않았을지도 모른다. 확실히 끝 간 데 없이 드넓게 펼쳐진 바다는 우리를 압도하고 막막하게 한다. 하지만 트라야누스 황제가 조금 더 젊었다면 어땠을까. 아마 갤리선을 타고 바다를 건너지 않았을까. 그래서 인도, 박트리아, 그 미지의 동방 전체를 탐험하러 나섰을 것이다.

나도 트라야누스 황제와 같은 나이가 된다면 저 드넓은 바다를 보며 더 이상 전진할 수 없음에 좌절할까. 하지만 아직은 저 푸르게 출렁이는 바다를 보면서 바다를 건너 먼 곳으로 가보고 싶다. 물론 이젠 바다를 건너는 더 쉽고 안전하고 빠른 방법도 많이 있지만, 그리고 세상은 이제 속속들이 카메라에 찍혀 텔레비전 화면에 펼쳐지지만, 그래도 처음 바다에 대해 기대한 때부터 아직은 아득한 바다 저편의 세계에 대해 꿈꾸어 보는 것이다.

변두리

오랫동안 변두리에 살았다. 우리 동네는 원래 군이었다가 내가 태어날 때쯤 시에 편입되었다. 그러니까 나는 시의 변두리에서 어린 시절을 보낸 셈이다.

변두리란 어느 지역의 외곽지대를 말한다. 가장자리이고, 변방이며, 주변 지역, 경계 지역이다. 변두리, 하면 흔히 허름함, 무언가 떠밀린 삶, 가파른 언덕과 골목집을 떠올리기 쉽다. 실제 내가 방학 때 머물던 서울 이모네도 변두리에 있었는데, 겨울이면 연탄재를 뿌렸던 골목과 시내의 불빛이 아득히 보이던 언덕 꼭대기, 종점으로 향하는 기차가 지나가는 굴다리가 기억난다. 하지만 변두리도 도시 변두리, 시골 변두리가 있고 변두리마다 독특한 변두리 문화가 있다. 도시와 시골의 경계였던 우리 동네도 그 나름의 독특함이 있었다.

변두리로서 우리 동네는 크게 세 가지 정도의 특징이 있었다.

우선 버스 종점이 있다는 것이다. 종점에서 타고 내리는 것은 여러 가지로 편리하다. 무엇보다 앉아 갈 수 있고, 내릴 때도 중간에서 내릴 때와는 달리 긴장이 풀려서 꾸벅꾸벅 졸면서 오게 된다. 종점에 도착하면 기사 아저씨가 다 왔어요, 하고 큰 소리로 깨워준다. 그러면 승객들은 화들짝 놀라며 짐을 챙기고 허둥지둥 버스에서 내린다.

아스팔트 바닥은 오랜 시간 버스 바퀴에 파여 울퉁불퉁했고, 비라도 올라치면 군데군데 웅덩이가 생겨 차에서 흐른 기름으로 무지갯빛 띠를 이루었다. 그래서 비가 올 때 버스에서 내리려면 한껏 발을 떼어 웅덩이를 밟지 않아야 한다. 종점 근처에는 포장마차가 있어서 저녁이면 카바이드 불빛 아래 두어 명의 손님들이 앉아 두런거리고, 버스에서 내리면 집에 가는 대신 포장마차에 먼저 들르는 어른들도 많았다.

왠지 축축하고 눅눅한 분위기지만 종점은 중고등학교에 다니던 여섯 해 동안 나를 지지해 주던 중요한 공간이다. 내가 버스에서 내릴 때쯤이면 아버지가 항상 마중을 나와서 종점 옆의 가로등 아래 서 계셨다. 그리고 내 가방을 받아 들고 말없이 먼저 걸어가셨다. 종점을 생각할 때마다 나는 아버지의 쓸쓸한 굽은 등과 침침한 가로등 빛을 떠올린다. 그 가로등은 추억의 힘으로 딸칵, 켜지는 가로등인 셈이다.

변두리엔 공장이 있는 경우가 많은데 우리 동네에도 당면 공장과 마대 공장, 피대 공장이 있어서 초등학교를 졸업한 소녀들의 첫 직장으로, 돈벌이가 아쉬운 아주머니들의 일터로 이용되었다. 당면 공장에서 만들어진 당면은 빨랫줄에 빨래를 널듯, 덕장에서 명태를 말리듯 넓은 공터에 줄을 걸고 말렸다. 당면은 먹거리지만 딱딱하고 별맛이 없어서 손을 안 타기 때문에 넓은 공터에서 마음껏 말라 갔다. 가을 햇살에 꾸덕꾸덕 말라가는 당면을 보면 파란 하늘 아래 가득 널린 흰옷처럼 어떤 막연한 서글픔까지 느껴졌다.

그리고 마대와 피대 공장. 마대는 비닐로 짠 가마니 같은 거고, 피대는 기계 바퀴에 걸어 동력을 전달하는 두텁게 짠 벨트다. 이 공장은 너무 시끄러워서 공장 안에서 알아듣게 말을 하려면 마구 소리를 질러야 했다. 천장은 높고 절걱거리며 돌아가는 기계는 위압적이었다. 공장 바깥에서도 소리가 제법 크게 들려서 변두리에 자리 잡을 수밖에 없는 공장이다. 대충 지은 듯한 시멘트 건물이 을씨년스럽지만 나름 동네 사람들의 일터로 요긴한 구실을 했다. 이런 소규모 가내 공장들이 변두리에서 흔히 볼 수 있는 풍경이다.

그리고 우리 동네는 시골과 인접한 도시 변두리라 공장도 있었지만 논이나 밭이 더 많았다. 가을이면 참새를 쫓고 타작이 끝난 뒤 이삭을 주우며 아이들과 몰려다녔다. 도심으로 흘러가는 냇물도 여기서는 맑은 편이라 여름엔 버들치와 민물새우를 잡으며 지냈다. 동네 뒷산에 골프장이 들어선 것도 변두리라서 가능했던 것 같다. 골프장은 마을 주민들하고는 상관없이 지어졌고, 오히려 갓길에 늘어선 차들 때문에 괜히 우리를 주눅 들게 했지만, 골프장 근처에 살던 내 친구 한 명은 초등학교를 졸업하고 골프장에 취직하기도 했다. 아, 우리 동네는 아니지만, 내를 건너면 고압선이 위협하듯 서 있는 커다란 변전소도 있다. 모두 도심이 아니라 가능한 시설일 것이다.

버스 종점이나 소규모 공장, 명색이 도시면서도 논밭이 펼쳐져 있어 시골과 별로 다르지 않다는 것, 이것이 내가 기억하는 어릴 적 변두리의 모습이다. 아마 도시와 시골의 인접 지역이라 그렇지, 도시와 도시 사이의 변두리는 또 다른 모습일 것이다.

변두리다 보니 변화의 물결은 가장 늦게 찾아왔지만 한번 물꼬가 터지니 변화는 돌이킬 수 없이 급작스럽게 이루어졌다. 공장은 이사 가거나 문을 닫고 논밭에는 아파트나 빌라가 들어섰다. 변두리의 모습으로 아직까지 남아 있는 것은 버스 종점인데, 이것도 포장마차는 사라지고 바닥이 시멘트로 새로 발라져 산뜻하게 바뀌었다. 다리를 건너면 행정구역이 바뀌는데 그곳에도 계속 아파트, 아파트, 아파트들이다.

그러니까 이젠 어디가 도심이고 변두리인지 구별이 쉽지 않다. 아파트가 끝나는 곳에 변두리가 시작될까. 도시는 살아있는 생물처럼 스스로 팽창하려는 욕망을 지닌 듯 변두리를 삼키며 날로 커지고, 변두리는 변두리의 변두리가 되어 자꾸 밀려간다. 그저 내 기억 속의 변두리만, 이제 건물들에 둘러싸여 팻말과 함께 서 있는 노거수처럼 여태껏 제 자리를 지키고 있다.

3부

세상에서 고양이가 사라진다면

손수건

라디오를 듣다 보니 송창식과 윤형주가 불렀던 〈하얀 손수건〉이란 노래가 흘러나온다. "헤어지자 보내온 그녀의 편지 속에/ 곱게 접어 함께 부친 하얀 손수건/ 고향을 떠나올 때 언덕에 홀로 서서/ 눈물로 흔들어주던 하얀 손수건" 이게 언제 적 노래인가. 〈웨딩 케익〉과 더불어 트윈폴리오의 이별 노래 가운데 가장 유명하고 자주 불렸던 노래인데, 하도 오랜만에 듣다 보니 멜로디보다는 '하얀 손수건' 이란 가사가 도드라지게 귀에 들어온다. 아마 요즘은 손수건을 잘 사용하지 않고, 그것도 이별의 선물로 하얀 손수건을 보내는 일이 드물기 때문인가 보다.

그러고 보니 「사랑 손님과 어머니」에서도 옥희 엄마는 하얀 손수건을 보냄으로써 사랑방 손님에게 넌지시 이별의 뜻을 고하고, 손님도 얼마 뒤 짐을 꾸려 떠난다. 흰색이 주는 색채 상징성과 눈물을 닦는 데 사용하는 손수건의 이미지가 겹쳐 하얀 손수건 하면 이별을 떠올리게 된듯하다.

하지만 손수건이 이별이나 눈물만을 상징하는 것은 아니다. 로맨스 소설에선 손수건 때문에 남녀가 만나 사랑에 빠지기도 한다. 고전 연애소설의 진수를 보여주는 「채봉감별곡」에서 강필성과 채봉이 만나는 것도 채봉이 떨어뜨린 손수건 때문이다.(그래서 만남을 위해 일부러 손수건을 떨어뜨려 놓기도 한다. 이때는 손수건에 이니셜이 새겨진 경우가 많다. 체취를 연상시키는 엷은 향수 냄새도 동반한다.) 오래전 샘터사에서 펴낸 『노란 손수건』에는 손수건에 관한 감동적인 이야기가 나온다. 5년 만에 출소한 남편이 그냥 지나칠까 봐 마을 입구 참나무 가지가지마다 노란 손수건을 매달아 나부끼게 했다는. 환영의 깃발처럼, 환희의 물결처럼 펄럭이는 노란 손수건은 새로운 만남과 희망을 상징하는 손수건이다.

그리고 또 다른 손수건의 예. 로버트 드 니로가 나이 든 인턴, 벤으로 나오는 영화 〈인턴〉에서 벤은 젊은 직원들과 달리 늘 손수건을 들고 다닌다. 그리고 "손수건의 가장 큰 용도는 빌려주는 것."이라고 말하며 눈물을 흘리는 직원들에게 손수건을 내민다. 이때 손수건은 경험 많고 연륜이 묻어나는 벤이 건네는 위로와 응원이다.

이별이든 만남이든 위로이든 이처럼 손수건에는 언어의 한계를 뛰어넘는 감정과 의사 전달력이 있다.

아마 손수건에 관한 가장 오래된 기억은 초등학교 입학식에서 달았던 손수건이 아닌가 한다. 그때는 왜들 그리 코를 많이 흘렸는지, 입학할 때 아예 왼쪽 가슴에 손수건을 접어서 옷핀으로 매달고 다녔다. 제대로 된 손수건이 없어서 광목이나 포플린 조각 같은 것을 달고 다니기도 했다. 하지만 대개의 경우는 손수건이 아닌 소매로 코밑을 쓱 문질러 나중엔 소맷부리가 꼬질꼬질하고 반질반질해졌다. 그러니까 내게 손수건에 관한 기억은 낭만이나 우아함과는 거리가 먼 매우 현실적인 것이다. 손수건을 챙기게 된 건 중학교 이후부터다. 한창 꾸미고 다닐 때니 일요일마다 다리미로 손수건을 다렸다. 교복을 다리고 남은 열로 손수건을 다린 다음 코바늘로 뜬 주머니에 넣어 다녔다. 금방 다려 네 귀가 반듯이 접힌 손수건을 만지면 따뜻하고 부드러워 다림질이 잘 된 교복을 입은 것처럼 기분이 좋았다.

손수건은 대개 물 묻은 손이나 얼굴을 닦는 데 쓰이지만, 그뿐 아니라 오염물을 닦는 걸레, 풀밭이나 벤치에 앉을 때 펼치는 깔개, 응급조치하는 붕대, 그리고 스카프나 보자기, 머리끈 등, 참 다양한 용도로 사용된다. 초등학교 때 소풍을 가면 거의 매번 수건돌리기 놀이라는 걸 했는데, 수건돌리기 말고도 눈 가리고 하는 술래잡기나 이인삼각을 할 때도 손수건을 이용했다. 활용도 높은 물건이지만 그만큼 잃어버리기도 쉬웠다.(하지만 안타깝게도 내게 로맨틱한 만남은 일어나지 않았다!) 그래서 친구들 생일 선물도 책 다음으로 손수건을 많이 했던 것 같다.

그런데 언제부터인가 손수건을 갖고 다니지 않게 되었다. 물티

슈라는 편리한 물건이 있고, 화장실마다 세면대 근처에 종이 티슈가 갖춰져 있는 경우가 많기 때문이다. 그래서 이래저래 생겨난 손수건들은 사용할 기약도 없이 서랍장 안에 고이고이 모셔졌다.

마침 얼마 전, 재활용업체에서 수지 타산이 맞지 않는다고 비닐봉지 수거를 거부하는 사태가 일어나자 정부에서 비닐봉지 사용을 규제하고 나섰다. 그즈음 일회용품 사용을 줄이고 쓰레기 제로에 도전하는 사람들의 이야기가 소개된 적이 있다. 그들은 비닐봉지 대신 장바구니를, 종이컵 대신 개인 컵을 들고 다니는 것은 물론, 종이 티슈 사용을 줄이기 위해 손수건을 갖고 다닌다고 했다. 사실 컵은 나도 오래전부터 갖고 다니고 있지만 손수건은 생각을 못 했다. 종이 티슈가 주는 편리함에 길들여진 것이다.

〈인턴〉을 볼 때 나도 벤처럼 손수건을 갖고 다녀야겠다는 생각을 잠시 했었다. 하지만 생각에 그치고 실천하지 못했는데, 생각 없이 뽑아 쓰는 종이 티슈가 환경에 부담이 된다는 '불편한 진실' 을 비닐봉지 사태를 통해 다시 한번 확인하고, 이제라도 손수건을 들고 다니기로 마음을 굳혔다. 손수건은 가볍고, 접을 수 있어 휴대가 편하다. 그리고 누구의 선물인지, 어디에서 샀는지 떠올릴 수 있어 종이 티슈에 비해 훨씬 감성적이고 낭만적이다. 단조로운 일상에 어떤 기대감도 줄 수 있으니, 이런 물건, 다시 지니고 다님 직하지 않은가.

무서운 이야기

정말 덥다. 불가마, 가마솥, 찜통, 한증막. 더위를 표현하는 온갖 수식어가 무색할 지경이다. 그저 뜨겁다. 너무 덥다 보니 비교를 좋아하는 사람들은 폭염과 한파 중에 어느 것이 나은가 선택해 보라고 한다. 추우면 옷을 껴입으면 되지만 더우면 땀 때문에 불쾌하고 찝찝하다고 한파 편을 드는 사람, 더우면 불쾌하긴 하지만 생존은 할 수 있는데 한파엔 생존이 위협받기 때문에 폭염이 그나마 낫다는 의견. 나는 추위보단 더위를 잘 참는 편이긴 하지만, 그것도 어느 정도이지 이런 더위엔 슬그머니 한파의 손을 들어주고 싶다.

무더위를 잊는 방법으로 여러 비책이 있겠지만 공포영화나 무서운 이야기가 제격인 것 같다. 실제 우리 몸은 공포를 느끼면 피부의 혈관이 수축하여 혈액순환이 잘 이루어지지 않기 때문에 피부의 온도가 내려가 서늘함을 느끼게 된다고 하니, 공포영화나

괴담 피서법은 과학적 근거가 있는 셈이다.

울창한 숲도, 뭔가 사연이 있는 저수지나 폐가도 근처에 없어서인지 어린 시절 공포스러운 기억은 별로 없는 편이다. 그저 우리 학교는 공동묘지 위에 지어져 소풍 갈 때마다 비가 내린다거나, 현관 옆의 독서하는 아이들 동상에서 아이들이 책을 다 읽으면 학교가 무너진다더라 하는 흔한 학교 괴담류 정도. 그나마 생각나는 것으론 지랄이와 서낭당에 관한 추억이다.

지랄이는 마을의 냇둑에 있던 다 쓰러져가는 판잣집에 혼자 살던 총각이다. 아이들이 지나가면 쫓아온다고 해서 그곳을 지날 때면 발소리를 낮추어야 했다. 지랄이가 쫓아와서 아슬아슬하게 도망쳤다는 이야기는 학교에서 일종의 영웅담처럼 돌았다. 그래서 일부러 판잣집에 돌을 던지거나 나와 보라고 외치는 간 큰 아이들도 있었다. 물론 혼자서는 절대 하지 않았다. 떼를 지어 몰려가 신발을 벗고 도망칠 준비를 마친 다음에 하는 짓이다.

나도 지랄이에게 쫓긴 적이 있다. 아니, 이걸 쫓겼다고 해야 하나? 아무튼 그 판잣집을 혼자 지날 일이 있어 최대한 발소리를 낮추어 가만가만 지나는데 문이 벌컥 열리고 지랄이가 나왔다. 시커먼 얼굴에 부스스한 머리, 검정 물을 들인 다 헤진 광목옷. 엄마한테 들은 산도깨비가 저런 모습이지 싶을 정도였는데, 눈이 마주치자 나는 거의 본능적으로 뛰기 시작했다. 도망치다가도 궁금증이 일어 뒤를 돌아보니 놀라운 일이 벌어졌다. 지랄이가 냇둑의 한복판에 넘어져 몸을 뒤틀고 있는 것이다. 눈을 홉뜨고 입에

선 거품이 흘렀다. 그건 지랄이가 쫓아오는 것보다 더 무서운 광경이어서 나는 어쩔 줄 모르고 멈칫멈칫 바라보다가 그대로 냅다 도망을 쳤다. 저대로 죽는 건 아닌가 하는 공포감에 숨이 막혔다.

그 총각이 간질이란 병을 앓고 있었다는 사실을 나중에 알게 되었는데, 그때는 이미 지랄이도 떠나고 판잣집도 헐린 뒤다. 우리를 잡으러 온다는 것도 지랄이의 병과 외모가 빚어낸 상상이고, 무지 때문에 일어난 해프닝인 셈이다.

그리고 서낭당. 우리 마을의 서낭당은 마을 입구에 소나무가 몇 그루 서 있는 비탈에 있었다. 커다란 소나무 둘레에 돌무더기가 쌓여있고 새끼줄을 둘러 하얀 헝겊 조각을 매단 곳이다. 서낭당 바로 뒤에 우리 밭이 있어서 새참을 내가느라 자주 지나다녔다. 소나무 그늘이 짙어서 그늘에서 쉬며 땀을 말리기도 했다. 그런데 낮에는 더할 나위 없이 친근한 곳이 밤이면 정말 무서워졌다. 그래서 조금만 어두워져도 멀찌감치 돌아가곤 했다.

어느 날인가 서낭당 밭에 두고 온 함지박을 찾으러 언니랑 늦은 시간에 간 적이 있다. 둘이니까 괜찮겠지 싶어 지름길인 서낭당 고개를 넘기로 했다. 그런데 그게 아니었다. 낮에 태연히 지나다니던 서낭당이 언니가 있어도 그렇게 무서울 수가 없었다. 바람에 날리는 하얀 천도 무섭고, 웅웅거리는 소나무 울음소리도 무섭고, 돌무더기가 마치 사람이 웅크린 것처럼 보여 더 무서웠다. 낮과 밤의 차이가 이렇게 크다. 낮엔 밝고 환히 드러나는 것이 밤에는 알지 못하는 어떤 공간이 되어 신비롭고 두려워지는 것이다.

이러한 어린 시절의 경험으로 미루어 보건대 공포심은 대상을 잘 알지 못할 때, 그러니까 전혀 모르기보다는 어렴풋이 알 때 극대화되는 것 같다. 그러니 과학적 이치나 원리를 잘 알지 못하던 옛날엔 도처에 신이한 요물들로 넘쳐났을 것이다. 도깨비, 구미호, 손각시, 몽달귀신, 걸귀, 창귀 등. 하지만 요즘이라고 덜한 것도 아니다. 옛이야기에 나오거나 어린 시절 느꼈던 외부적이고 감각적인 공포 대신 보다 근원적이고 내면적인 공포라고나 할까.

요즘 폭염의 원인이라고 하는 지구온난화, 원전, 안전하지 못한 먹거리, 환경 문제 등이 우리를 두렵게 한다. 가난, 식량난, 난민 문제, 새로운 질병이 우리를 두렵게 한다. 이유 없이 불특정 다수에게 가해지는 범죄 행위가 우리를 두렵게 한다. 우리가 알지 못하는 사이 자유와 권리를 억압하려는 음모가 진행되고 있었다는 사실이 우리를 두렵게 한다.

무엇보다 불확실한 미래가 우리를 두렵게 한다. 뚜렷한 해결책이나 나아갈 길이 보이지 않는 상황, 그 알지 못하는 막막함이 두렵고, 불신이 가져오는 의심과 미혹이 두렵다. 아니, 설령 내가 안다고 해도, 안다고 여겼던 것이 사실 착각과 착란에 불과하다는 것을 깨닫게 되는 순간이 두려운 것이다. 그래서 요즘 귀신은 친근한 텔레비전 화면이나 핸드폰 안에서 나오고, 영화 〈숨바꼭질〉에서처럼 가장 안전하고 편안하다고 여겼던 집 안이 더할 나위 없이 두려운 곳이 되기도 한다.

이 글을 쓰는 사이 나는 큰 공포를 경험했다. 마감이 코앞인데 글을 거의 다 쓰고 저장을 하지 않은 것. 다행히 착각이었지만 삼복더위에 정말 오싹한 체험이다.

고양이

"우다다다다." 이것은 쥐가 달음박질하는 소리. "와다다다다." 이것은 쥐를 쫓아가는 고양이 소리.

〈톰과 제리〉가 아니다. 우리 집 천장 위의 쥐와 고양이 이야기다. 어릴 때 우리는 '나비'란 이름의 검정과 회색이 섞인 줄무늬 고양이를 길렀다. 농사를 지으니 부엌이나 창고에 쥐가 자주 출몰했는데, 이 쥐들은 밤이 되면 안방 천장 위에서 시끄럽게 달리기를 했다. 쌀알이나 멸치에 쥐약을 버무려 놓아두어도 나아질 기미가 보이지 않자 참다못한 엄마가 천장 도배지가 내려앉은 틈으로 나비를 올려보냈다.

우다다다. 와다다다. 쥐는 필사적으로 달아나고 나비는 열심히 쥐를 쫓는 듯했다. 몇 차례 소란스러운 왕복달리기가 끝난 뒤 천장 위는 조용해졌다. 나비가 드디어 쥐를 잡았나? 그런데 얼마 뒤, 우당탕퉁탕 요란한 굉음이 울리고 천장이 중간에서 찢어지더니 나비가 털썩 방 안으로 떨어졌다. 나비는 입에 거품을 물고 펄쩍펄쩍 뛰고 구르며 온 집 안을 헤매다녔다. 아, 쥐약 놓은 것을 생각하지 못하고 천장 위에 올려졌던 나비는 쥐 대신 쥐약을 먹어버린 것이다. 입가에 부글거리던 거품, 비틀거리며 마당에 와서 쓰러지던 모습, 타오르듯 이글거리다가 천천히 꺼져가던 눈빛, 거칠게 내뿜다가 찬찬히 잦아들던 숨. 나비는 오래 고통스러워하며 천천히 죽어갔다. 그리고 엄마는 다시는 고양이를 기르지 않으셨다.

이 오래된 기억을 떠올린 것은 우리 아파트 근처에 사는 길냥이 때문이다. 요즘 들어 아파트 뒤쪽 산기슭에 못 보던 고양이 한 마리가 돌아다니는데 줄무늬며 얼굴 생김새며 크기가 나비를 닮았다. 하긴 평범한 고양이니 고만고만 닮아 보이기도 하겠지만. 어쨌든 대개 길냥이는 꼬리가 바퀴에 치여 뭉툭하게 잘려있는 데 비해 이 고양이는 꼬리를 온전히 갖고 있다. 아직 세상의 호된 신고식을 치르지 않은 모양이다.

사노 요코가 지은 『백만 번 산 고양이』라는 그림책이 있다. 한때 임금의 고양이였다가 뱃사공의 고양이였다가 서커스단의 고양이였다가 그렇게 백만 번이나 윤회를 되풀이하던 고양이가 하얀 고양이를 사랑하게 되고, 하얀 고양이가 죽자 그 옆에서 자신도 조용히 눈을 감는다는 내용이다. 맨 마지막 문장이 마음을 울린다. "그리고 두 번 다시 되살아나지 않았습니다." 뒷산 길냥이가 나비의 환생일 리는 없겠지만, 어쨌든 나비든 길냥이든 고단한 묘생의 여정을 지나는 중이겠다.

레오나르도 다빈치는 고양이를 '신의 걸작' 이라고 하였다. 다빈치는 온갖 고양이의 포즈를 스케치하였는데 정작 채색화로 완성한 것은 담비였다. 〈흰 담비를 안고 있는 여인〉 속에 나오는 흰 담비는, 눈이 호기심에 반짝거리는 것이 하얀 고양이를 닮았다. 반짝거리는 그 눈을 이장희 시인은 「봄은 고양이로다」에서 "금방울과 같이 호동그란 눈"이라고 표현하였다. 그리고 꽃가루와 같이 부드러운 털, 고요히 다문 입술, 날카롭게 쭉 뻗은 수염으로 고양이의 모습을 묘사해 간다. 나는 여기에 활처럼 둥글게 굽은 등과 밤새 내리는 눈처럼 조용한 발소리, 물결치듯 매끄럽게 움직이는 꼬리를 덧붙이겠다. 이처럼 고양이는 어디 나무랄 데 없이 완벽하게 아름다운 동물이다. 그래서 고대 이집트에서 고양이는 다산의 여신으로 추앙받았고 죽으면 미라로 만들어지기도 했다.

하지만 이 걸작들의 운명은 너무 다르다. 주인이 집사처럼 시중을 들고 돌봐주는 고양이가 있는가 하면 자동차 바퀴에 꼬리가 잘려 엉덩이 쪽이 허전한 고양이도 있다. 고양이의 꼬리는 균형을 잡고, 체온을 조절하고, 기분을 표현하는 의사소통의 수단이 되기도 한다. 꼬리를 잘린 고양이는 삶의 균형을 맞추기가 어려워, 묘생의 아슬아슬한 줄타기에서 출렁거리고 흔들린다. 그 고양이들은 수명도 아주 짧다. 집고양이의 평균수명이 15년 정도인데 비해 길냥이는 3년에 불과하다고 한다. 그러고 보니 아파트 근처에 자주 나타나던 노란 고양이, 검정고양이, 얼룩 고양이들이 안 보인 지 꽤 된다. 그 대신 낯설고도 낯익은 줄무늬 고양이가 자리 잡은 것이다.

사노 요코의 책에서 백만 번 산 고양이는 도둑고양이였을 때 누구의 고양이도 아닌 자기만의 고양이가 된다. 그동안 누군가의 옆에서 조그맣게 등장하던 고양이는 비로소 커다랗게 지면을 압도하며 나타난다. 자유롭고 주체적인 고양이가 된 것이다. 하지만 현실의 도둑고양이는 굶주림과 폭력 앞에서 비틀거리고 자신이 자리 잡은 아파트 뒤편의 산기슭처럼 경계에서 주춤거린다. 산과 아스팔트의 경계, 야생과 인간계의 경계, 꼬리 있음과 없음의 경계에서.

줄무늬 고양이가 부디 꼬리를 오래 지니고 있길 바란다. 주어진 수명을 최대한 누리고 편안한 죽음을 맞이하길, 그리고 '두 번 다시 살아나지 않길' 빈다. '신의 걸작' 이 고통스러워하는 것은 보는 사람도 가슴 아픈 일이다.

세상에서 고양이가 사라진다면

나가이 아키라 감독의 〈세상에서 고양이가 사라진다면〉은 〈나미야 잡화점의 기적〉 〈심야식당〉 〈고양이를 빌려드립니다〉처럼 소소한 일상에서 감동을 찾는다는 일본 특유의 감성이 가득한 영화이다.

뇌종양으로 살날이 얼마 남지 않은 타케루에게 자신을 닮은 의문의 존재가 나타나 세상에서 무언가를 없애는 대신 하루씩 생명을 연장해 주겠다고 제안한다. 그리하여 전화, 영화, 시계 등이 차례로 세상에서 사라지는데, 사물만이 사라지는 것이 아니라 첫사랑과의 만남, 영화광인 친구와 공유한 일상, 시계수리공인 아버지의 시계점 등 그에 얽힌 추억과 과거마저 모두 사라진다. 마침내 고양이를 없애야 하는 상황에 이르자 고양이와 어머니와의 추억을 떠올린 타케루는 고양이를 없애지 말아 달라고 부탁하며 자기 죽음을 받아들인다.

'세상에서 내가 사라진다면 누군가 슬퍼해 줄까?'라는 다소 오글거리는 질문에, 그래도 세상에 소중하지 않은 것은 없으며 모든 것은 존재 이유가 있다는 결론을 끌어내는 영화. 그래서 이 영화를 보고 나니 다소 짓궂은 생각이 떠오른다. 그렇다면 모기, 모기는 어떤가? 모기야말로 백해무익한 곤충 아닌가? 설마 모기가 사라지면 유원지에서 모기에 물린 경험을 공유하지 못하게 되니 녀석도 소중한 존재라는 건가?

영화는 무언가 없어진다는 상황에 감성적으로 접근하지만 앨런 와이즈먼의 『인간 없는 세상』이란 책처럼 과학적, 이성적으로 바라보면 또 어떤 결론이 날까? 어느 날 갑자기 전화기나 영화가 사라진다면 관련 산업 종사자는 길거리에 나앉게 될 것이다. 그런데, 고양이가 사라진다면? '바람이 불면 통장수가 돈을 번다.'라는 일본 속담이 있는데, 고양이의 사라짐이 그 속담의 중간 과정과 관련이 있다. 바람이 불면 흙먼지가 날리고, 흙먼지가 날리면 눈병이 돌아 맹인이 늘어나고, 맹인이 늘어나면 샤미센 수요가 증가하니 샤미센을 만드는 고양이 가죽이 필요하여 고양이가 사라질 테고, 고양이가 사라지면 쥐가 늘어나고, 늘어난 쥐가 통을 갉아먹어 결국 통장수가 돈을 번다는 이야기다. 일견 과장되고 억지스럽지만, 어떤 일이 생김으로써 그와는 직접 관계가 없는 다른 일에 영향을 미치게 되는 것을 비유할 때 쓰는 속담이라고 한다. 일종의 나비효과라고나 할까. 그러니까 세상의 모든 것은 인과관계를 이루며 얽히고설켜 있다는 것.

무언가 사라진다는 것은 이처럼 복잡한 과정을 거쳐 결국 인간에게 영향을 미친다. 그것도 비록 맹인은 늘어나겠지만 통장수는 돈을 번다는 식의 일말의 긍정적인 효과조차 기대기 어려운, 아예 암울하고 절망적인 결론으로. '꿀벌이 사라지면 4년 안에 인간이 사라진다.' 는 아인슈타인의 유명한 말을 생각해보자. 꿀벌이 사라지면 가루받이를 못 하게 되고, 그로 인해 곡식이나 과일이 열매를 맺기 어려워지고, 결국 식량난이 심각해져서 인간은 생존이 어려워질 것이다.

하지만 자연의 도미노는 이런 단선형이 아니다. 꿀벌이 멸종에 이를 정도라면 지구 환경은 그만큼 심각하게 훼손돼 있을 테니까 그로 인해 둠스데이가 펼쳐질 확률이 더 높다. 전문가들은 2030년에 북극의 빙하가 사라질 것으로 예측한다. 세상에서 빙하가 사라진다면? 얼음 속에 갇힌 메탄가스가 방출되어 지구온난화를 가속화하고, 바다의 컨베이어벨트에 이상이 생기면서 상상을 초월하는 폭염, 혹한, 슈퍼태풍, 허리케인 등이 일상화될 것이라고 한다. 펭귄이나 북극곰의 포토존과 같은 빙하가 사라진다면 그 위의 피사체도 결국 사라져 버릴 것이고.

이러한 생각이 너무 무겁고 어둡다면 다시 고양이가 사라진 세상으로 돌아와 보자. 영화 속에서라면 고양이를 좋아하던 타케루 엄마는 함께 교감할 대상이 없으므로 병에 걸렸을 때 좀 더 일찍 죽을지도 모른다. 여자친구, 절친, 아빠와 엄마에 대한 추억을 잃어버린 타케루는 이제 무엇이 사라진 세상을 보게 될까? 모든 관계망이 끊어지고 혼자 남아있는 상황에서 생명을 연장하는 것이 의미 있는 일일까?

그런데 고양이의 사라짐이 영화가 아닌 실제라면 상황은 더 암담해진다. 세상엔 고양이를 통해 위로받는 타케루 엄마 같은 사람들이 많을 테니까, 그들이 고양이를 복원하라고 정부에 압력을 넣는 등 집단행동을 할지도 모른다. 그동안 로드킬의 주요 대상이 고양이였으므로, 조심조심 운전하던 운전자들이 안심하고 과속하여 교통사고가 증가할 수도 있다. 쥐나 야생조류들이 늘어나 전염병을 옮기게 되어 혹시 데카메론 시즌4(시즌2는 스페인 독감, 시즌3은 코로나바이러스의 유행이라고 해두자.)의 상황이 될 수도 있겠다.

고양이의 대체제인 개의 수요가 폭발적으로 늘어나 아직 개고기 문화가 남아있는 우리나라에 대한 압력이 더 거세질 것이다. "이래도 냥아치입니까?" 하고 개와 고양이를 비교해서 고양이파에게 개의 우월함을 한사코 입증하려 들던 개파들이 무료함을 느끼고 고양이를 복원하라는 시위에 동참할 수도 있다. '고양이 앞의 쥐' 나 '고양이 목에 방울 달기' 같은 속담이 쓸모없어지므로 사전에서 고양이의 흔적을 지우려던 사전편찬자들이 과도한 업무에 불만을 품고 역시 시위에 동참한다. 고양이의 부드럽고 매끄러운 털을 만지며 평온을 느끼던 사람들이 그 대체제인 벨벳이나 융털을 찾음으로써 일시적으로 섬유산업의 호황을 가져올지 모른다. 하지만 고양이 관련 산업 종사자들은 하루아침에 직장을 잃게 되니 역시 거리로 쏟아져 나올 것이다.

사람들은 고양이를 살려내라고 북과 꽹과리를 두드리고 부부젤라를 불며 거리를 행진할 것이다. 세상은 소음으로 가득 차고 흥분한 군중은 개를 끌고 나온 구경꾼들에게 화풀이를 할 것이다. 이에 따라 고양이파와 개파 사이에 큰 싸움이 벌어지는데, 고양이 복원에 찬성하여 시위에 동참했던 개파들은 정체성에 혼란을 느끼고 부부젤라 소리보다 더 크게 고함을 질러댄다. 상황이 걷잡을 수 없이 나빠지자 정부는 고양이 복원에 대해 진지하게 논의를 시작한다. 영화 〈쥐라기 공원〉에서처럼 고양이의 복원에 모기나 벼룩 속의 DNA가 이용된다면, 이런 곤충에 대한 인식의 변화가 생길 것이다. 모기나 벼룩은 더 이상 해충이 아니라 고양이를 되살린 영웅 대접을 받게 되어 '박멸이 아닌 공존으로' 라는 구호가 인기를 얻게 되고, 세상에 평화를 가져온 모기에게 기꺼이 팔뚝을 내밀고 하루쯤은 자기 피를 제공하는 기념일이 생길지도 모른다. 그 기념일이 모스키토데이라는 성대한 축제의 장이 될 수도, 심지어 국경일로 지정하는 나라가 생길지도 모르겠다. 이쯤 되면 〈톰과 제리〉 대신 〈톰과 프래틀러*〉가 인기 프로가 되어있을지도.

고양이가 사라져서 좋은 점은? 아무리 생각해도 없다. 무언가를 얻으려면 무언가를 잃어야 한다는데, 무엇을 더 얻지 않아도 좋으니 고양이는 그대로 두는 게 낫겠다. 지금 귓가에서 약 올리듯 앵앵거리는 모기에게 영웅 칭호를 붙이게 둘 수는 없지 않은가?

* 수다쟁이. 시끄러운 모깃소리를 빗대어 써봄.

어떤 기다림

지난 겨울에 지인의 집 제라늄 화분 한쪽에 돋아난 작은 싹을 캐서 가져왔다. 『어린 왕자』에 "창가에는 제라늄 화분이 있고, 지붕에는 비둘기가 앉아 있는 예쁜 장밋빛 벽돌집을 보았어요."라는 말이 나올 만큼 제라늄은 유럽의 창틀에 흔히 놓여있는, 색깔도 하양, 분홍, 주황, 빨강 등으로 다채로운 예쁜 꽃이다. 하지만 꽃보다도 그저 키우기 쉽다는 말에 조심조심 뿌리를 뽑아 들고 왔다.

사실 나는 식물을 키우는 데 젬병이다. 많은 식물이 내 손에서 시들거나 뿌리가 썩어서 죽어갔다. 앤슈리엄, 고무나무, 크로톤은 물론, 신경 쓸 필요가 거의 없다는 다육식물도 살아남질 못했다. 유일하게 잘 크는 것이 집들이 선물로 받은 산세베리아인데, 산세베리아는 하도 잘 자라 벌써 여러 번 분갈이를 하고 이웃과 친척들에게 나누어주기도 했다. 그 뒤 용기를 내서 화분 몇 개를 들였는데 그것들도 결국 잎끝이 마르고 시들어 버렸다. 사정이 이러하니 빈 화분에 어린 제라늄을 심은 뒤 제대로 활착하는지 걱정이 되어 틈만 나면 들여다보았다.

다행히 어린 싹은 잘 적응하여 잎을 키우고 가지를 벌더니 드디어 꽃대가 올라왔다. 오글오글 거품 같은 꽃눈들이 점점 커져 작은 방울처럼 부풀었다. 언제 꽃을 활짝 피울까. 제라늄이 여느 식물처럼 시들지 않고 잘 자라 꽃 피울 준비를 하는 것이 대견해서 화분에 뿌리를 내릴 때보다 더 뻔질나게 베란다를 들락거렸다.

꽃대가 올라온 지 보름쯤 됐는데도 꽃망울만 감질나게 조금씩 커질 뿐이라 조바심을 내고 있는데, 봄비가 흠뻑 내린 오늘 아침 드디어 초록 꽃받침 사이로 하얀 치맛자락이 살짝 비친다. 원래 어미 꽃이 핀토화이트로즈라는 하얀 제라늄이라 하니 우리 베란다의 제라늄도 순백의 레이스 같은 꽃을 활짝 피우리라. 올봄은 제라늄꽃이 피는 걸 기다리면서 벌써 화창해져 간다.

그런데 마침 어떤 분한테 화분 가꾸기에 대한 재미있는 이야기를 들었다. 자기 어머니는 봄이 되면 여러 개의 화분에 흙을 담아 옥상에 놓아둔단다. 그러면 흙 속에 있던 것인지, 바람을 타고 날아온 것인지는 모르지만 어쨌든 씨앗이 싹 터 흙 위로 올라오는데, 어떤 싹이 올라올지, 그 싹이 어떤 꽃을 피울지 기다리는 것이 어머니 늘그막의 취미생활이란다. 그리고 그것이 민들레든 괭이밥이든 한갓 잡풀이라도 가끔 물을 주고 두고 보며 즐기다가 가을이 되면 시든 풀을 거두고 봄에 다시 새로운 흙을 담는다고 하였다. 아, 이런 기다림도 있구나.

어린 시절 오빠들은 뒷산에서 작은 알들을 주워 와 짚 검불을 깐 상자 안에 넣고 헝겊을 덮은 다음 아랫목 이불 밑에 두었다. 나는 어떤 새가 깨어날지 안달하며 몰래몰래 들여다보곤 했다. 가만히 만져보면 아랫목에 데워져 미지근한 알들이 팔딱팔딱 숨을 쉬는 것 같았다. 매끄럽거나 거칠거칠하거나, 단단하거나 바스러질 듯 말랑한 느낌이 들던, 하얀색, 연한 하늘색의, 혹은 갈색 점들이 찍힌 작은 알들. 그 알들에서 깨어날 작고 어린 새. 한 번도 부화에 성공한 적은 없지만, 그때의 두근거림은 하도 강렬하여 지금도 손에 잡힐 듯 선명하다.

아무것도 보이지 않는 흙 속에서 무언가 올라오길 기다리는 것은 내가 작은 알에서 어떤 새가 나올지 조바심치던 것처럼 어떤 우연, 어떤 놀라움, 어떤 신비와 경이로움을 기대하는 것이리라. 마침 자세히 보니, 저도 첫 꽃이라 오래 기다리며 몸살을 해온 제라늄 옆에 무언지 모를 작은 싹이 났다. 조심조심 올라와 아직 허리도 채 못 편 물음표를 닮은 싹. 예전 같으면 사정없이 뽑아 버렸겠지만, 이제는 조금 더 기다리기로 한다. 흙만 담은 화분의 지혜를 빌리기로 한다.

사실 어린 싹의 모습은 대개 비슷하다. 그물맥의 싹이 작은 숟가락 같은 잎을 팔 벌리듯 벌리고 있다면, 나란히맥의 싹은 여린 잔디 같은 것이 머리칼처럼 올라온다. 그것이 열무가 될지 비름이 될지, 강아지풀로 자랄지 바랭이로 자랄지 지켜보는 것은 "하얀 꽃 핀 것은 하얀 감자/ 파보나 마나 하얀 감자"라는 권태응의 시처럼 이미 정해진 것, 예견된 것, 예컨대 제라늄꽃이 피기를 기다리는 것보다 더 흥미롭다.

이런 기다림엔 낯선 것에 대한 두근거림이 있다. 가보지 않은 길에 대한 작은 열망이 있다. 우체부를 기다리며 동구 밖으로 난 먼 길을 내다보는 설렘, 생일 아침의 선물 상자와 같은 즐거운 상상이 있다. 그건 무심한 듯하면서도 강렬한 기다림으로, 생명에 대한 경외와 확신에서 비롯된 것이다. 예기치 않은 결과를 보여주는 이 작고 소소한 장치들이 평범한 하루하루를 빛나게 하고, 지루한 일상을 견디게 한다.

대공원의 봄

코로나19 감염병으로 두 달 넘게 개학이 미루어지면서 백수 아닌 백수 생활을 하고 있다. 한동안 '집콕'을 하다가 '확찐자'가 되어가는 것 같아 울산대공원을 걷기로 했다. 공원이 멀지 않은데도 일 년에 가는 날이 손꼽을 정도였는데, 이젠 출근하는 남편 차를 타고 이른 아침에 집을 나서 4, 50분 정도 공원을 걷는 것이 주요 일과이다. 보통 정문에서 시작해 남문을 지나 장미원과 윗갈티못을 거쳐 유실수원을 돌아 나오거나, 왼편으로 다리를 지나 메타세쿼이아 길을 거쳐 동문을 돌아 나오는 길이 산책 코스이다. 풀잎에 이슬이 맺혀있는 길을 걷다 보면 돌아올 땐 등으로 따뜻하게 햇살이 퍼진다. 덕분에 올해는 이른 봄부터 지금까지 공원의 변화를 온몸으로 느낄 수 있었다.

봄은 역시 꽃으로 시작한다. 3월 초의 제법 쌀쌀한 바람 속에서 먼저 작고 여린 풀꽃이 고개를 내민다. 별이 잘 드는 윗갈티못 풀밭에 봄까치꽃, 광대나물, 민들레, 봄맞이꽃이 피기 시작하자 무스카리도 작은 포도송이 같은 꽃대를 내밀었다. 동문 쪽엔 목련꽃이 하얀 등처럼 내걸리고 3월 말 무렵엔 드디어 산책길 양편의 벚꽃이 피었다. 벚꽃이 피었다 지는 동안은 거의 매일 공원에 갔다. 마침 날도 화창해서 파란 봄 하늘 아래 하얀 꽃들이 꽃 자체에서 빛이 나는 것처럼 눈부셨다.

벚꽃의 절정은 오히려 질 때가 아닌가 한다. 눈이 내리는 것처럼 하늘하늘 진 꽃들이 바람에 쓸려 무더기무더기 꽃 무덤을 이루다가 문득 사라져 버린다. 보도블록 위에 떨어진 벚꽃은 사람들이 밟고 지나가서 꽃의 살이 압화처럼 바닥에 붙었다. 가는 봄이 아쉬워 바닥이 꽃잎을 끌어안고 있는 모습. 하지만 몇 차례 비에 그마저 사라졌다.

그리고 동백꽃. 요즘은 화려하게 개량된 동백이 많아서 단순한 홑동백은 오히려 보기 드문 편인데 동문 쪽에서 몇 그루 발견했다. 붉은 꽃잎에 샛노란 화심이 산뜻하다. 내가 산책을 시작할 땐 이미 지고 있었는데, 동백꽃이 진 자리는 붉은 카펫을 깔아놓은 듯 그대로 커다란 화판이다. 누군가 떨어진 꽃잎을 하나씩 주워 모아 하트 모양을 만들어 두었다. 또 누군가는 그것을 사진에 담는다. 봄이 주는 또 다른 풍경이다. 홑동백이 지니까 윗갈티못 근처의 겹동백이 피기 시작했다. 이 겹동백은 꽃이 크고, 화려하고, 많이 달려서 붉은 등이 잔뜩 켜진 크리스마스트리 같다. 더구나 무궁화처럼 피고 지고 또 피어, 거의 두 달 가까이 눈을 즐겁게 해주고 있다.

하지만 내가 가장 인상 깊게 본 것은 꽃산딸나무꽃이다. 남문 근처, 그러니까 SK 광장으로 꺾어지는 잔디 위에 자리 잡고 있는데, 나무에 걸린 이름 때문에 유심히 보게 되었다. 꽃사과나 꽃산수국처럼 '꽃' 자가 들어가는 꽃은 더 화사하고 예쁘다. 이 꽃도 처음엔 옅은 미색이었는데 어느 날 갑자기 눈부신 하얀색으로 변하여 깜짝 놀랐다.

아름답지 않은 꽃이 어디 있을까마는 꽃산딸나무꽃은 특히 더 아름답다. 찬란하기까지 하다. 그래서 아침에 이 나무를 지날 때마다 살아있다는 것이 기쁘고 두근거린다. 놀라운 사실은 꽃잎처럼 보이는 부분이 꽃이 아니라 꽃을 감싸는 포엽이라는 것. 수국처럼 실제 꽃은 가운데 연두색으로 옹기종기 모여 있는 부분이다. 벌이나 나비를 부르기 위해서인데, 그래서인지 꽃산딸나무 부근에서 우아한 산제비나비를 발견하고 감탄하기도 했다. 이 나무는 단풍도 멋지다고 하니 가을 산책길이 기대된다. 아, 마당 있는 집에 살게 된다면 꽃산딸나무를 심고 나비를 불러 모으리. 나무 아래 의자를 놓고 아침마다 오래 앉아 있으리.

대공원의 봄은 꽃으로만 오는 게 아니다. 동문 가는 길에 공원 지킴이처럼 늠름히 서 있는 돌하르방은 일찌감치 짚으로 된 모자와 외투를 벗었다. 윗갈티못의 붕어들은 더 자주 수면 근처로 와서 부산을 떨고, 물비늘은 더 눈부시게 반짝거린다. 새소리는 짝을 부르는 듯 유난히 높고 명랑하다. 며칠 전엔 관리사무소 쪽을 지나다 줄기 가운데 불에 탄 흔적이 있는 소나무 한 그루를 보았다. 아마 벼락을 맞은 것 같다. 원래 벼락 맞은 대추나무는 행운을 가져온다고 하여 도장을 만들어 몸에 지녔다. 벼락 맞은 소나무는 어떨까? 불의 담금질과 시련을 견뎠으니 역시 행운을 가져오지 않을까? 나무는 상처에 아랑곳없이 봄물이 올라 굳세게 푸르렀다. 저 꿋꿋한 소나무처럼 감염병의 어려움을 헤쳐 나가길 빌어본다.

요즘 대공원은 초여름 향기를 풍기며 나무들이 연두에서 녹색으로 건너가는 중이다. 꽃은 꽃대로 나무는 나무대로 싱그럽고 아름답다. 오늘 비가 왔으니 이제 꽃산딸나무는 남은 꽃잎을 하르르 떨구겠다. 벚나무는 작은 버찌가 조롱조롱 열려 붉어질 것이고, 주변 산은 초록이 더 번질 것이다. 이른 더위에 어쩌면 수련이 수줍게 고개를 내밀지도 모르겠다. 내일의 산책이 기다려진다.

이삭 줍는 사람들

아네스 바르다의 〈이삭 줍는 사람들과 나〉라는 다큐멘터리를 보았다. 거두고 남은 이삭, 그러니까 일종의 부스러기를 주워 생활하는 사람들에 관한 이야기이다. 여기엔 다양한 종류의 이삭들이 나온다. 쓰레기통에 버려진 유통기한이 지난 빵, 소시지, 피자들. 야채 시장 한쪽에 모아둔 시든 오이, 양배추 등. 가난한 사람들이 이것을 거두어 간다.

물론 바르다의 다큐는 끊임없이 쓰레기를 양산하는 현대의 소비 행태를 비판하기도 하지만 그 양산되는 쓰레기를 주워서 생계에 보태고 삶을 유지해 가는 쓰레기의 순환에도 관심을 보인다. 아니, 오히려 그 순환의 흐름에 애정을 보인다. 이때 쓰레기는 더 이상 쓰레기가 아니라 이삭이 된다. 사적인 빈민구제의 한 형태랄까. 예컨대 일부러인지 일손이 부족해서인지 수확을 하지 않은 감자밭이나 사과나무 과수원이 나오는데 많은 사람들이 상자와

바구니를 들고 이런 것들을 양껏 따갔다. "너희 포도를 남김없이 따 들여서는 안 되고, 포도밭에 떨어진 포도를 주워서도 안 된다. 그것들을 가난한 이와 이방인을 위하여 남겨 두어야 한다."란 레위기의 한 구절이 생각나는 장면이다.

이 다큐를 본 뒤에 우리나라는 어떤지 마트나 시장에서 유심히 살펴보았다. 내가 자주 가는 마트에서는 알뜰 코너를 만들어 유통기한이 다 되어 가는 식품을 할인된 가격에 팔고 있었다. 시간대가 맞지 않았는지 시장에서도 버려진 채소나 과일은 보지 못했다. 최근엔 모 인터넷 사이트에 한강 시민공원에서 주운 음식쓰레기인데 충분히 먹을 만하다면서 쓰레기통에서 수거한 음식물 사진이 올라온 적이 있다. 먹다 남은 피자, 햄버거, 콜라, 맥주 등 더 먹을 수 있는 음식들이 쓰레기로 잔뜩 버려져 있었다. 마트에선 유통기한이 임박한 식품까지 알뜰히 이용하려 하는데 소비자는 멀쩡한 음식을 한두 입 먹고 버린다니 뭔가 묘한 아이러니가 느껴졌다.

이삭도 마찬가지다. 다큐엔 밀레의 그림 〈이삭 줍는 여인들〉이 나온다. 다큐 제목도 여기서 나온 것이다. 그림의 전면엔 허리를 굽혀 이삭을 줍는 세 여인이, 뒷면엔 이들을 감시하는 감시원과 수확한 밀 더미를 실어 나르는 마차와 사람들이 있다. 이삭을 주워 생활하는 건 당시 최하층민의 삶이었을 테니, 삶의 고단함이 묻어나는 그림이다.

우리 어렸을 때도 이삭을 많이 주우러 다녔다. 감자나 고구마를 캔 뒤에 미처 캐지 못한 작은 것들을 거두거나, 벼나 보리를 벤 뒤에 망태기 같은 걸 들고 떨어진 이삭을 줍는 것은 으레 아이들의 일이었다. 이 일은 별로 힘들지 않고 샅샅이 훑으면 제법 수확도 뿌듯하여 기꺼이 나서곤 했다. 물론 이건 자기 밭의 일이니 그렇지 만약 남의 밭이었다면 창피하다고 몸을 뺐을 것이다. 그런데 요즘은 추수하고 탈곡한 뒤 볏짚을 사료로 쓰기 위해 원형으로 말고 사일러스지로 포장하는 일이 기계를 이용해 거의 논스톱으로 이루어진다. 이러한 논엔 이삭이 거의 없다. 하긴 이삭이 있다고 한들 누가 주우러 다닐까. 도시에서의 이삭도 넘쳐나는 판국에.

그 이삭을 바르다는 가난한 사람의 몫으로 여기며 그것을 거두어 살아가는 사람들의 행동과 심리에 초점을 맞추었다. 그들은 당당하지도, 그렇다고 비굴하지도 않게 그저 주어진 것을 이용하는 것뿐이라는 담담한 태도를 보였다. 성경에도 이삭을 주워 시어머니를 봉양했던 룻이란 여인이 나온다. 룻이 그 밭의 주인 보아즈와 결혼하여 낳은 자식이 다윗의 할아버지인 오벳이니 다윗은 '이삭 줍는 여인' 의 후손인 셈이다. 그렇다면 이삭은 사용하고 남은 여분이나 부스러기라는 의미뿐 아니라 자신이 누리고 있는 것의 일부라고도 할 수 있겠다.

이삭이 꼭 농작물 같은 음식만은 아니다. 버려진 가구, 생활용품, 의류 등 누군가 다시 사용한다면 그것이 이삭이다. 그러니까 이건 생각의 문제이다. 버릴 만한 것이라도 더 쓸 수 있는지, 달리 쓸 수 있는지 궁리하는 삶. 혹은 버려진 것을 새롭게 이용할 수 있는지 궁구하는 삶. 반쪽이로 유명한 시사만평가 최정현 작가는 고철 등을 이용해 기발한 작품을 만들고 있다. 이삭이 예술의 영역으로 들어온 경우이다.

코로나 시국이 길어지자 빈익빈 부익부 현상이 더욱 심화되어 빈곤층은 더욱 벼랑으로 몰리고 있다. 어떤 지역에선 길가에 냉장고가 등장하였다고 한다. 누구든지 나누고 싶은 음식을 냉장고에 넣어두고 필요한 사람들이 그것을 가져갈 수 있게 하는데, 냉장고가 비지 않고 늘 채워져 있다는 소식이다. 유심히 보지 않으면 냉장고에 음식을 넣는 사람인지 가져가는 사람인지 잘 모를 테니 낙인 효과에서 자유롭고, 큰돈을 들이지 않고 남을 도울 수 있고, 특히 삶과 직결되는 '먹는다' 는 근원적인 욕구를 채우는 데 도움을 줄 수 있다는 점이 냉장고가 유지되는 까닭인 것 같다. 냉장고에 넣은 음식은, 남는 것을 나눈다는 의미에서 이삭이라 할 수 있고 이 역시 이삭의 선순환인 셈이다.

바르다는 취재를 위해 이동할 때 가끔 손을 뻗어 트럭을 잡는 시늉을 한다. 뒤따라오는 트럭이 손가락이 만든 동그라미 안에 잡힌다. 바르다가 이삭을 건진 셈이다. 삶의 진솔한 모습을 담은 다큐멘터리라는 이삭을.

빨래

집안일 중에 좋아하는 게 뭐냐고 묻는다면 빨래라고 대답하겠다. 빨래는 세탁기가 하는 게 아니냐고? 대부분 세탁기의 일이지만 수건이나 행주, 속옷 같은 삶아야 하는 빨래부터 물 빠짐이 있거나 블라우스같이 천이 상하기 쉬운 옷은 아직 손빨래를 해야 한다. 그러니까 내가 말하는 빨랫감은 이불 홑청이나 청바지 같은 게 아니라 손안에 잡히는 부피가 작은 걸 말한다.

물론 세탁기가 없을 때야 빨래는 큰 일거리였다. 식구가 많으니 빨랫감도 만만치 않았고 무명옷에 밴 얼룩은 쉽게 지지 않아 나무 방망이로 탕탕 두드려야 했다. 겨울엔 얼음장 같은 물에서 곱은 손을 호호 불어 가며 빨래를 치댔다. 두꺼운 빨래는 손으로 짜는 일도 쉽지 않았다. 다행히 세탁기가 나오면서 이런 고역에선 어느 정도 해방이 된 셈이다. 그러니 집안일에 젬병인 내가 그나마 좋아하는 일이 빨래라고 대답할 수 있게 되었다.

빨래는 빨래판 앞에 자리 잡으면 돌아다니지 않고 한자리에서 할 수 있고, 손으로 문지르는 비교적 단순한 동작을 반복한다. 그래서 여러 집안일 중에서도 고요히 사색하며 할 수 있는 일이다. 라디오를 듣거나 방탄소년단의 신곡인 〈다이너마이트〉를 감상할 수도 있다. 따뜻한 물에 푹 담갔다 꺼낸 수건에 비누칠해서 빨래판에 척척 치대고 문지르다 보면, 비누 거품이 손가락 사이로 미끄러지듯 막혔던 생각이나 마음이 스르르 풀리는 것 같다. 빨래가 깨끗해지는 것처럼 마음이 깨끗해지는 느낌. 일종의 정화되는 기분이랄까. 예전엔 빨래판에 방망이를 두드려 빨았으니 뭔가 스트레스 해소에 도움이 되었을 것이다. 얄미운 시누이나 속 썩이는 남편에 대한 화풀이 같은 것. 그 시절엔 빨래터가 마을 우물이나 도랑 같은 데 있어서 빨래하는 날은 바깥바람을 쐬는 날이기도 했다. 거기에 아낙들이 모여 온갖 소식을 주고받으니 빨래터는 뉴스의 원천이자 맺힌 것을 푸는 심리상담소의 역할을 한 셈이다.

우리 집의 빨래 담당은 세 살 터울인 작은언니였는데 언니는 종종 화나는 일이 있으면 빨랫감을 들고 냇가로 갔다. 빨랫감이 부족하면 좀 더 입어도 될 성싶은 옷까지 챙겨 들고 갔다. 그리고 빨래를 방망이로 퍽퍽 치고 주무르다 오래오래 헹구었다. 비눗물은 빨랫돌 근처에서 우윳빛으로 잠시 머물다 이내 반짝거리며 흐르는 냇물을 따라 사라졌다. 흐르는 물을 오래 들여다보면 물을 따라 내가 흘러가는 느낌이 든다. 언니는 두드림과 헹굼과 흘려보냄을 통해 마음이 좀 풀렸는지 돌아올 때는 콧노래를 흥얼거리기도 했다. 빨래가 깨끗해지듯 마음이 비워지고 가벼워지는 것, 이게 빨래의 미덕 중 하나이다.

하지만 빨래의 백미는 빨랫줄에 빨래를 너는 일이다. 아니, 정확히 말하자면 빨래가 마르는 모습이다. 빨래를 말리기에 좋은 계절은 가을이다. 봄엔 흙먼지가 날리고, 여름은 습기가 높아 눅눅하다. 겨울엔 빨래도 얼어붙어 뻣뻣해지기 때문에 잘못 걷다가는 상처를 입기도 한다. 가을은 청명하고 쾌적해서 빨래도 보송보송 잘 마른다. 맑고 따뜻한 가을볕 아래 다 마른 빨래가 가볍게 흔들리는 것, 바지랑대 끝에 앉은 고추잠자리, 파란 하늘과 하얀 새털구름. 마당에 빨간 고추를 말리는 멍석이라도 놓여 있으면 그대로 한 폭의 풍경화다.

옥상에서 말리는 빨래도 좋다. 이럴 땐 하얀 기저귀 빨래가 제격이다. 새파란 하늘에 하얀 천이 내걸린 모습. 그 뚜렷한 색채 대비는 아무리 보아도 질리지 않는다.

> 늦둥이 셋째 아이 낳고 흔한 종이 기저귀 마다하고/ 손빨래를 고집한 것은/ 맨손에 똥오줌 묻히며 빨아 푹푹 삶아댄 것은/ 내가 대단한 환경론자여서가 아니라/ 천 기저귀 하얗게 마르는 거 보고 싶었기 때문/ 산들산들 바람 부는 옥상에서/ 파란 하늘 아래 눈부시게 바랜 기저귀/ 펄럭이는 거 보고 싶었기 때문

오래전에 쓴 「기저귀, 펄럭이는」이란 시의 한 부분인데, 정말, 아이들이 어릴 때 옥상에 빨래를 널러 가면 바람에 살랑살랑 흔들리는 하얀 천 기저귀를 보며 한참을 볕 바라기를 하다 내려오곤 했다. 주택가의 옥상은 사방이 탁 트여 풍경을 보는 눈도 즐거웠다. 힘든 일을 한 나 자신에게 주는 작은 보상 같은 휴식.

이젠 미세먼지가 많아져서인지 옥상에 빨래를 너는 집이 드물다. 아파트가 늘어가면서 옥상이 있는 집 자체가 많이 사라졌다. 우리 때 혼수품은 세탁기도 아닌 짤순이라 불리던 탈수기였는데, 이젠 세탁기 말고도 건조기가 필수인 세상이 되었다. 앞으로는 빨래를 대신 개 주고 정리해 주는 기계나 로봇이 생길 수도 있겠다. 하지만 빨래라는 것이 단순한 노동을 넘어 삶의 한순간을 위로하거나 윤택하고 빛나게 해주는 부분도 있지 않을까. 모처럼 볕 좋은 날, 옥상이 아닌 베란다에 빨래를 널면서 낡은 테이프를 돌리듯 지난 시간을 돌아보며 드는 생각이다.

우리도 광합성을 할 수 있다면

만사가 귀찮은 날이다. 몸을 일으키기 싫어 뒹굴뒹굴하다가 며칠 전 지인에게 받은 꽃이 눈에 들어왔다. 국화 꽃다발을 받아 병에 꽂아두었는데 그중 몇 송이가 연두색이다. 처음엔 "요샌 연두색 꽃도 있네?" 하며 신기해하다가, 일하기 귀찮다 보니 '저 연두색 꽃잎에도 엽록소가 있을까?' 하는 궁금증이 생겼다. 엽록소가 있다면 광합성을 할 테고, 그러면 저 국화는 꽃과 잎으로 동시에 광합성을 하니 굶을 일은 없겠다. 사실 여부는 알 수 없지만 그렇다면 정말 부러운 일이다.

식물은 햇빛과 물과 공기만 있다면 스스로 양분을 생산해 내기 때문에 동물처럼 먹이를 구하기 위해 애쓸 필요가 없다. 동물은 먹을 것을 찾아 끊임없이 이동하며, 그것을 발견하더라도 온 힘을 다해 상대를 쓰러뜨리고, 누르고, 숨통을 끊어야 한다. 동물의 왕이라는 사자의 사냥 성공률이 2, 30%에 불과하다던데, 그것도 두 마리 이상이 협업할 때이고 혼자서는 8% 정도에도 못 미친다고 한다. 한마디로 사자 같은 최상위 포식자도 먹고 살기가 힘들다는 얘기다. 그러니 맨몸뚱이 하나로 태어나는 사람은 어떻겠는가.

일하러 가기 싫으니 이런저런 잡생각이 많아진다. 사람도 식물처럼 광합성을 한다면 좋지 않을까? 그렇다면 먹을 것을 스스로 생산하니 힘들여 일하지 않아도 될 텐데. 사람들은 햇살이 충분히 퍼질 때까지 실컷 늦잠을 잔 다음 햇빛이 잘 드는 공터나 담벼락에 삼삼오오 모여 가만히 앉는다. 누워서 일광욕해도 좋다. 전기를 충전하듯 햇빛을 실컷 쬔 다음 일터로, 학교로, 시장으로 간다. 엽록소를 지니고 있으니 몸이 초록빛을 띠겠지만 모두 그런 모습이니 이상할 것도 없다. 대부분의 식당이 문을 닫겠지만 초식인 줄 알았던 원숭이 무리도 종종 육식을 한다니 특별한 간식을 파는 곳은 성행하겠다.

먹을거리가 해결되니 별로 일하고 싶은 생각도 안들 테고, 열심히 일해 봤자 쓸 데도 많지 않을 테니 공장을 멈추고 한가함을 즐기기 시작한다. 공기는 자연스럽게 쾌적해지고 물도 맑아지고, 사람들은 인생을 소풍처럼 여기게 된다. 먹을 것을 위해 치열하게 경쟁할 필요도 없으니 세상엔 평화가 강물처럼 흐를 것이다.

사실, 동물인데도 엽록소를 지니고 광합성을 하는 식물성 동물이 있다고는 한다. 미국과 캐나다 갯벌에 사는 '푸른민달팽이'가 그런 종류인데, 몇 해 전 그 기사를 보고 「푸른민달팽이」란 제목으로 시를 쓴 적이 있다.

> 푸른민달팽이는 몸에 엽록소 공장을 차려/ 스스로 광합성을 할 수 있다네/ 빵 공장을 가지고 있는 셈/ 생각해 보라, 굴뚝과 아궁이와 밥솥(혹은 빵틀)이/ 발맞추어 걸어가는 모습을…… 제 몸이 먹을 것을 낼 수 있다면/ 세상은 초록 천지고/ 세상은 평화, 평화로다

하지만 또 생각해 보니 식물의 세계라고 마냥 평화롭지만은 않을 것이다. 『신갈나무 투쟁기』란 책을 보면 양수림인 소나무와 음수림인 참나무가 햇빛을 두고 벌이는 경쟁이 나온다. 결국 음지에서도 강한 참나무가 승리를 거두고 그중에서도 신갈나무가 우위를 차지하여 생태계의 극상을 이룬다고 한다. 그러니까 식물은 더 많은 햇빛을 받기 위해 키를 키우고 가지를 뻗고, 물줄기를 찾아 어두운 땅속을 더듬어 간다. 한 그루의 나무가 땅 위에 자리 잡기 위해서는 그 넓이만큼의 뿌리가 뻗어야 한다고 한다. 건조한 지역이라면 그 뿌리는 더 멀리 더 깊이 고단하게 뻗어갈 것이다.

그뿐 아니라 식물은 움직이지 못하니까 번식을 위해서도 만만치 않은 노력이 필요하다. 벌과 나비를 불러들이기 위해 양분의 많은 부분을 꿀과 향기에 사용하고, 수국처럼 가짜 꽃을 만들기도 한다. 파리가 수분을 돕는 라플레시아란 거대한 기생식물은 썩은 시체 냄새를 풍기며 파리를 유인한다. 온몸에 똥을 바른 형

국인데도 그 꽃말은 '장대한 미와 순결' 이라니 유전자를 남기려는 처절한 노력에 엄청난 가점을 준 셈이다.

그러고 보니 사람이 엽록소를 지니고 광합성을 해서 먹을거리를 스스로 해결한다고 해도 여러 가지 문제에서 벗어날 것 같진 않다. 우선 먹거리가 해결되니 힘들여 일을 하지 않을 것이다. 일견 여유로워 좋겠지만 더 이상 문명이 발달하기는 어려울 것이다. 손과 발을 움직이지 않으니 주요 부위나 근육이 점차 퇴화할 테고 움직임은 극도로 느려질 것이다. 나중엔 『반지의 제왕』에 나오는 엔트라는 나무 인간같이 변할지도 모른다. 광합성을 한다고 모여 있는 사이 다른 동물들의 공격을 받을 수도 있다. 그렇다면 좀 더 안전한 장소를 찾아 경쟁을 벌이게 될 것이다. 황제펭귄들이 눈바람을 막기 위해 하울링을 하듯 안전을 위해 공터에서 둥글게, 둥글게 하울링을 할 수도 있겠다. 거대한 초록의 무리가 원을 그리며 조금씩 움직이는 모습을 생각해 보라. 생기와 민첩함은 사라지고 느리고 둔탁하고 단순하게 움직이는 모습을.

어쩌면 사람은 빵만으로 사는 것이 아니니까 더 다른 자극을 찾을 수도 있겠다. 「푸른민달팽이」의 끝부분은 다음과 같다.

> 발바닥이 뜨겁게 달궈질수록/ 우리는 가장 잘 구워진 옥수수/ 우리는 가장 맛있는 빵/ 제 몸이 제 살을 뜯어 먹는/ (그러나 이는 퇴화하여 잇몸만 남은)/ 마셔도 마셔도 찰랑찰랑 물이 고여있는/ 우리는 행복한 오아시스

무료함을 견디지 못해 제 살을 뜯어 먹는, 그래도 끊임없이 살이 재생되는 그로테스크한 평화가 우리가 원하는 삶일까. 동물과 식물의 경계에 갇혀 어디에도 속하지 못하는 엉거주춤함이 우리의 안정적인 모습일까. 아, 결국 공짜 점심은 없다. 설령 약간의 먹을 것을 스스로 마련할 수 있다고 해도 우리는 더 나은 삶을 위해서 부단히 몸을 움직이고 머리를 쓰면서 더불어 살아야 한다. 하물며 먹을 것을 오로지 외부에서 찾아야 하는 현재 인간임에랴. 나도 이제 몸을 일으키고 출근 준비를 해야겠다.

복숭아

겨울치고도 유난히 추운 날인데, 왜 복숭아 생각이 나는지 모르겠다. 아마 냉장고 과일 칸을 열다 몇 개 남지 않은 단감을 보고 단감 철도 다 지났군, 하며 아쉬워하다가 갑자기 올해는 복숭아 철에 복숭아를 제대로 먹지 못했다는 데 생각이 미친 것 같다. 며칠 전엔 집 근처 산기슭에 철모르고 핀 진달래 한 송이를 보았는데, 이상 기온으로 제철이 아닌데 꽃이 피는 거야 이젠 예삿일이 되어버려서 심상하게 지나치다 뜬금없이 복숭아 생각이 나기도 했다. 진달래꽃빛이 복숭아꽃 색깔을 좀 닮았는지, 아무튼 겨울 초입에 여름 과일인 복숭아가 떠오르니 철은 아니지만 복숭아에 대한 생각을 좀 더 궁굴려 보기로 한다.

"나의 살던 고향은 꽃 피는 산골, 복숭아꽃 살구꽃 아기 진달래" 요즘 아이들은 잘 모르겠지만 이원수의 〈고향의 봄〉은 어렸을 때 우리가 즐겨 부르던 노래였다. 도시도 농촌도 아닌, 도시 변두리에서 어린 시절을 보냈기에 안타깝게도 우리 동네엔 복숭아나 살구나무 과수원이 없었다. 그래도 봄날에 차를 타고 한적한 시골 마을을 지날 때면 이 노래가 실감이 난다. 연분홍 안개가 낀 듯 자욱하게 만개한 꽃 사이로 허름한 집들이 보이면 무언가 아득한 그리움이 밀려온다. 이미 사라진 공간과 시간에 대한 향수 같은 것. 나는 요염한 복숭아꽃보다는 해사한 살구꽃을 더 좋아하지만, 연지를 바른 볼같이 화사한 복숭아꽃을 보면 '매력' 이나 '유혹' 이라는 꽃말이 괜한 것이 아니라는 생각이 든다.

복숭아는 꽃도 꽃이지만 "수밀도의 네 가슴에 이슬이 맺히도록 달려 오너라"는 이상화의 시처럼 모양이나 색깔, 향기 어디 하나 흠잡을 데 없는 과일이다. 손에 다 잡히지 않는 뿌듯한 크기, 분홍빛이 감도는 연한 과육, 달콤하고 부드러운 향. 복숭아철이 되면 물복(물렁한 복숭아)파와 딱복(딱딱한 복숭아)파로 나뉘어 소소한 다툼이 일어난다. 하지만 껍질을 벗겨 먹는 부드러운 물복이든 아삭아삭 씹는 소리까지 맛있게 들리는 딱복이든 모두 없어서 못 먹을 만큼 향기롭고 달콤하다.

복숭아는 밤에 먹어야 맛있다는 말이 있는데 복숭아가 달콤해서 벌레가 많이 들어있기 때문이다. 아마 나도 그동안 복숭아 벌레를 몇 마리쯤 먹지 않았을까. 복숭아를 다 먹은 게 아쉬워서 딱딱한 복숭아씨를 망치로 깨서 속에 있는 씨앗을 먹기도 했는데 아몬드 모양의 씨앗은 텁텁하고 씁쓸해서 실망했던 기억이 있다. 복숭아 씨앗 속에 시안화합물이란 독성이 들어있다는 것을 알게 된 건 훗날의 일이다.

무엇보다 복숭아는 귀신을 쫓는다는 벽사 과일로 알려져 흥미로웠다. 하나라 때 천자 자리를 빼앗고 악정을 일삼다가 복숭아나무로 만든 몽둥이에 맞아 죽은 사람 이야기가 『회남자』에 나온다는데, 이 일이 있은 뒤부터 귀신이 복숭아나무를 무서워한다고 알려지게 되었다고 한다. 그래서 제사상에는 복숭아를 올리지 않는다. 그런데 왜 몽둥이가, 홍두깨로 사용되었다는 단단한 박달나무나 곤장의 재료였던 물푸레나무가 아니라 복숭아나무로 만들어졌을까. 아마 복숭아꽃이 귀신이 싫어한다는 붉은빛을 띠고, 햇살이 충만한 봄에 꽃을 피우고 여름에 열매를 맺어 그런 게 아닐까. 복숭아는 양의 기운이 넘쳐나는 과일인 것이다. 복숭아 가지는 악귀를 물리치고 병을 낫게 하는 효험이 있다는데, 특히 햇살을 먼저 받는 동쪽으로 뻗은 가지가 더 효험이 있단다. 그래서인지 얼마 전까지만 해도 귀신을 쫓는다고 복숭아나무로 사람을 쳐서 사달이 났다는 뉴스가 가끔 보도되곤 했었다. 아무튼 복숭아는 주술적 의미가 더해져 신비스러운 느낌까지 주는 과일이다.

울산을 상징하는 처용탈에 복숭아가 달려있다는 것을 최근에야 알았다. 처용 문화제 때 뮤지컬 처용 리허설 장면을 보게 되었는데, 그때 처용탈을 가까이 볼 기회가 있었다. 처용이 쓴 검은 사모 위에 나무로 깎은 커다란 은행 같은 게 달려있는데 그게 은행이 아니라 복숭아였다. 검은 사모 양옆엔 붉은 모란이, 위에는 나무로 만든 복숭아가 일곱 개 달려있다. 붉은색은 원래 액막이

색이니 그렇다 쳐도 나쁜 귀신을 물리친다는 복숭아가 한둘이 아니라 무려 일곱 개나 달려있다니, 처용탈이야말로 악귀나 병마처럼 인간을 괴롭히는 온갖 삿된 것으로부터 보호를 염원하는 대단한 방패이자 방어막인 셈이다.

겨울이라 그런지 코로나가 좀처럼 수그러들 기미가 보이지 않는다. 몸도 마음도 지치고 고단해진 요즘, 그럴 수 있다면 악귀를 물리친다는 복숭아의 힘을 가져다가 코로나바이러스를 퇴치하고 싶다. 아마 이 겨울에 갑자기 복숭아가 생각난 것도 이런 기대 때문이 아닌지.

새벽

아침잠이 많아서 알람을 여러 차례 울리게 맞춰놓아도 겨우겨우 일어나는 편이라 이른 새벽에 일어나 아침을 맞이하는 사람이 좀 부럽다. 새벽이 갖는 특유의 분위기와 감성을 오롯이 즐길 수 있기 때문이다. 며칠 전엔 새벽에 눈이 떠져 한 삼십 분 거실에 혼자 앉아 보았다. 사위가 조용하니, 바닥에 가라앉았던 작은 소리도 크게 들렸다. 조용히 지나가는 차 소리, 바람 소리, 무언가 덜컹거리는 소리. 어디선가 물 내리는 소리. 어린 시절이라면 이때쯤 큰언니가 일어나 밥을 짓느라 부엌에서 달그락거리고 엄마와 아버지는 일찌감치 밭에 나가거나 장에 가셨겠다. 수탉은 횃대에서 꼬끼오 목을 울리고 마당의 개는 덩달아 깨어 괜히 한 번 짖을 것이다. 나도 엉겁결에 깨어 더듬더듬 오줌을 한 번 눈 다음 다시 까무룩 잠이 들 테고.

감성이 충만해지는 시간이라 그런지 새벽에 관한 기억은 젊은

날의 것이 많다.

양옥으로 바뀌기 전 옛집은 문에 창호를 발라 겨울이면 문풍지가 울리는 집이었다. 큰오빠가 결혼하고 분가를 한 뒤 오빠가 쓰던 방이 비게 되어 새집을 짓기 전까지 잠시 내 방 삼아 머문 적이 있다. 문학청년이었던 오빠는 층층이 많은 책과 문학잡지, 신문들을 두고 갔는데, 《독서신문》이란 신문 속에서 박경리의 〈토지〉를 발견했다. 소설이 너무 재미있어서 탐욕스럽게 읽었지만 아쉽게도 몇 편 읽지 못하고 연재가 중단되었는데, 얼마 뒤 지식산업사에서 『토지』가 단행본으로 출간된 걸 알았다. 당장 달려가 책을 사 들고 정신없이 읽어 내려가다 고개를 들어보니 창호가 희부윰하게 밝아왔다. 날을 꼬박 새운 것이다. 책을 덮고 밖으로 나왔다. 하늘에는 창백해진 별이 아직 몇 개 남아 반짝거리고 대기는 컴컴한 어둠이 희미하게 걷히며 옥색으로 변하였다. 맞은편 식장산 위 하늘에 불그스름한 기운이 뻗치면서 서서히 날이 밝아왔다. 피곤하다기보다는 무언가 벅차오르며 빛이 세상을 채우듯 내부에서 꽉 차오르는 느낌이 들었다. 대학교 일 학년 때 일이다.

농촌봉사활동을 가서 저수지에서 맞았던 새벽도 잊을 수 없다. 대학교 때 홍성으로 농활을 간 적이 있는데, 첫날을 마을 회관이 아닌 저수지 둑에서 텐트를 치고 지내게 되었다. 아침잠이 많지만 낯선 곳에선 일찍 깨는 편인데 텐트 속 잠이 불편했는지 그날은 유난히 일찍 일어난 것 같다. 텐트 문을 열고 나오니 밖은 그저 짙은 회색의 어둠이었다. 그런데 어둑신한 가운데 무언가 끓임없이 움직이고 있었다. 쿨럭거리듯 피어오르고, 흩어지는가 하면 다시 모이고, 바로 안개였다. 저수지 가득 물안개가 피어 근처 산과 들을 가리고 하늘마저 가려, 안개의 두꺼운 장막을 이루었다. 그 장막 속에서 천지사방 나 혼자였다. 밤새 이슬이 흠뻑 내려 몇 걸음 걷지 않았는데도 바짓단이 축축하고 안개가 스며들어 머리와 옷은 눅눅해졌다. 그러다 서서히 안개가 걷혔다. 주위의 산과 들이 희미하게 보이기 시작했다. 저수지는 청회색으로 편안히 누워있고, 저수지 아래 논배미에는 벼잎이 잘 벼린 칼날처럼 싱싱하게 일어섰다. 안개가 걷히자 하늘은 구름 한 점 없이 탁 트이고, 논들도 거칠 것 없이 펼쳐져 시야가 훤했다. 그것을 보니 낯선 곳에서의 하루가 우리를 기다린다는 설렘으로 벅차올랐다.

서울에서 맞았던 새벽도 기억난다. 대학 졸업 후 출판사에 다닐 때 나는 명륜동에서 자취를 했다. ㅁ 자형의 집은 방마다 자취생이 있었지만, 마당에 수도가 하나밖에 없어서 물을 사용하는 일이 큰 고역이었다. 너무 일찍 물을 틀면 사람들의 단잠을 깨우고, 너무 늦게 나서면 출근 시간에 늦기 십상이었다. 나는 며칠간 새벽같이 깨서 언제쯤 수돗가에서 소리가 나기 시작하는지 알아낸 다음, 그보다 조금 일찍 일어나기 시작했다. 이른 새벽은 미처 어둠의 옷을 벗지 않아 처마 위의 네모난 하늘을 올려다보면 반짝이는 별이나 초승달이 마치 검은 우물에 빠진 것처럼 보였다. 아직 잠에서 깨어나기 직전, 사위는 고요하고 수도 근처엔 희미한 전등이 걸려서 쓸쓸한 빛을 던지다 별처럼 창백해져 갔다. 하지만 밖으로 나서면 그 이른 시각에 어찌나 많은 사람이 쏟아져 나오는지, 행진곡에 걸음을 맞추듯 거리는 아연 활기에 넘치고 그 짧은 시간, 새벽은 봄 나무가 갑자기 꽃과 잎을 피우는 것처럼 쓸쓸함에서 활기참으로 재빨리 표정을 바꾸었다.

이처럼 내가 맞은 새벽은 홀로 깨어 있다는 고독감과 시간의 변화가 보여주는 신비로움, 아침으로 변해가는 충일감으로 기억된다. 새벽은 자정 이후 날이 밝을 때까지의 어스름한 시간을 말한다. 아주 이른 새벽을 꼭두새벽, 어스름하게 동트는 시간에 가까운 새벽을 어슴새벽이라고 하니 시간은 한밤중에서 꼭두새벽, 어슴새벽을 지나 동이 완전히 트는 아침으로 바뀌어 간다.

그리스 신화에선 새벽의 신을 에오스라 하여, 에오스가 장밋빛 커튼을 열어젖히면 하루가 시작된다고 보았다. 에오스는 티토노스란 젊은이를 사랑하여 제우스에게 영원히 살게 해달라고 부탁한다. 하지만 영원한 젊음을 부탁하는 것을 잊어버려 티토노스는 그만 흉하게 늙어버렸고, 이를 불쌍히 여긴 제우스는 그를 매미로 만들어 버린다. 에오스와 티토노스 사이에 멤논이란 아들이 태어났는데, 트로이 전쟁에서 아킬레우스에게 죽임을 당한다. 멤논의 죽음을 슬퍼하며 흘린 에오스의 눈물이 이슬이다. 흔히 매미를 이슬만 먹고 사는 곤충이라 하니 신화 속에서 영원히 이어지는 모자 관계가 애틋하다. 그리고 새벽이라는 자연현상을 이처럼 다양한 스토리텔링으로 보여주는 고대 그리스인의 상상력이 놀랍다.

새벽의 신이 장밋빛 커튼을 열어젖힌다는 신화에서도 엿보이지만, 새벽은 동트기 이전이라는 물리적 시간일 뿐 아니라 무언가 새로운 것을 시작한다는 비유적 의미도 지닌다. 새로운 날이 시작된다는 희망이나 기대 같은 것 말이다. 새벽에 동쪽 하늘에 뜨는 별이 바로 샛별인데 이 반짝거리는 순우리말에도 희망이 깃들어있다. 1924년에 발표한 윤극영의 동요 〈반달〉 2절에는 "멀리서 반짝반짝 비치이는 건 샛별이 등대란다 길을 찾아라."란 구절이 나온다. 일제 강점기 암담했던 상황에서 그래도 희망의 끈을 놓지 말라고 격려하는 노래가 바로 '반달' 이다.

새벽이 희망을 상징하는 말이라고 하니 '새벽' 이란 이름도 자주 등장한다. 화제가 되었던 〈오징어 게임〉이란 드라마에도 송새벽이란 탈북녀가 나온다. 비록 상금을 거머쥐지 못하고 죽음을 맞지만, 동생을 끔찍이 생각하는 잡초처럼 강인한 인물이다. 나중에 그 동생에게 주인공이 건넨 상금이 전해지니 새벽이 주는 의미에 걸맞은 이름이라 하겠다.

흔히 동트기 전이 가장 어둡다고 한다. 긴 밤을 견디느라 지친 심리적인 어둠이리라. 하지만 어둠이 있어야 여명이 더욱 선명하게, 아침이 더욱 밝게 느껴질 것이다. 그 어둠과 밝음의 경계에서 새벽은 우리를 밝음 쪽으로, 빛 쪽으로, 그리고 삶 쪽으로 힘껏 밀고 당기며 이끌고 있다.

마스크*

공원에서 아장아장 걷는 아기를 본다. 걸음마를 시작한 지 얼마 안 된 듯, 엄마는 저만큼 떨어져서 팔을 벌리고 아기는 서툰 걸음으로 열심히 엄마를 향해 걸음을 뗀다. 아기의 얼굴에 야무지게 마스크가 씌워져 있다. 마스크가 얼굴을 반 넘게 가려 아기의 표정을 알 수 없다. 아기는 까르륵 소리를 내며 웃거나 엄마, 같은 말을 간절히 뱉어낼 텐데 마스크는 작은 웃음과 소리를 가려버렸다. 코로나 발생 즈음에 태어난 아이들은 마스크가 옷과 같다. 밖에 나가려 하면 무엇보다 먼저 마스크를 챙긴다. 아니, 마스크는 이제 피부와 같다.

학교 상황도 마찬가지다. 코로나가 발생한 후 아이들은 모두 마스크를 쓰고 수업을 한다. 마스크를 쓴 아이들은 모두 비슷해 보인다. 그러잖아도 아이들 얼굴을 익히는 데 어려움이 있는 편이라 학기 초에는 가끔 실수하는데, 이번엔 그 실수가 좀 오래 갔다. 예컨대 이름을 부르면서 다른 학생을 지목하거나 엉뚱한 방향을 바라보거나 하는 따위. 특히 단짝인 여자애 둘은 얼굴 형태, 키, 머리 모양, 입고 오는 옷도 비슷해서 자주 헷갈렸다. 심지어 목소리도 비슷했다. 나중엔 말을 할 때 자기 이름을 붙이고 하랬더니, 저 민형인데요, 저 수진인데요 하고 저희끼리 바꿔 말하며 장난을 쳐서 당황했던 적도 있다.

과자나 사탕 같은 간식을 먹는 것이 금지되어 학생들이 마스크를 벗을 때는 물을 마실 때뿐이다. 그런데 그때 잠깐 보이는 얼굴은 상상했던 모습과 다를 때가 많다. 아이들 얼굴은 생각보다 더 어리고, 더 귀엽고, 더 짓궂고, 더 생기에 넘쳤다. 그 얼굴은 잠시 반짝 빛났다가 다시 마스크의 그늘 속으로 사라졌다. 저 넘치는 생기를 종일 마스크로 가리고 있어야 하니 얼마나 답답할까.

아이들이 코로나를 어떻게 생각하고 겪어내고 있는지 설문 조사를 하면서 마스크를 쓸 때 가장 불편한 점이 무엇인지 물어보았다. 입 냄새와 피부병을 든 학생이 한 명씩 있었고, 얼굴을 알아보기 어렵다, 무슨 말을 하는지 알아듣기 어렵다, 숨쉬기가 곤란하다, 쓰고 벗기가 귀찮다가 거의 엇비슷하게 골고루 나왔다. 나만 얼굴을 알아보기 어려운 게 아니어서 다행인가 싶다가도 가까운 친구의 얼굴을 제대로 보지 못하고 지내는 아이들을 생각하니 마음이 무거웠다.

과장된 기우이지만, 아마 아이들이 나중에 길에서 만나더라도 얼굴을 모르고 스쳐 지나가는 것은 아닐까. 눈을 뜨게 된 맹인이 길을 못 찾자 '도로 눈을 감고 가시오.' 라고 충고했다는 서화담의 일화를 적은 연암의 글처럼, 도로 마스크를 써야만 서로를 알아보게 되는 것은 아닐까. 실제 한 학생은 학기 중간쯤에 "선생님, 우리 반 애를 식당에서 만났는데요, 처음엔 누군지 몰랐는데 밥 다 먹고 마스크를 끼니까 알겠더라고요."라고 말하며, "걔도 마찬가지였어요." 하면서 자기 눈썰미 탓이 아님을 강조했다.

얼굴을 알아보기 어렵다는 건 정체성에 대한 문제이다. 얼굴은 그가 누구인지 가장 확실하게 알 수 있는 방편이다. 학생들이 느끼듯이 마스크는 정체성을 가리는 물건이다. 마스크를 소재로 한 유명한 작품으로 알렉산더 뒤마의 『철가면』이 있다. 철가면은 18세기 초 얼굴에 가면을 쓴 채 수감되었던 프랑스의 정치범인데, 그의 정체에 대해 루이 14세의 아들이다, 형이다 등 추측이 난무하지만, 아직까지 밝혀진 것은 없다. 마스크를 쓰고 악당을 물리치는 쾌걸 조로, 파시즘에 대항하는 무기로 마스크를 선택하는 〈브이 포 벤데타〉 등에서 마스크는 자기의 정체를 숨기는 말 그대로 '가면' 의 역할을 한다. 짐 캐리의 〈마스크〉란 영화에서 마스크는 정체를 숨기는 것에서 한 걸음 더 나아가 하이드로 변하는 지킬 박사처럼 전혀 다른 사람으로 변하게 하는 매개체이다.

빨간 마스크 괴담이 유행한 적도 있다. 빨간 마스크를 쓴 여자가 지나가는 아이에게 자기가 예쁘냐고 묻고서 예쁘다고 대답하면 너도 나처럼 만들어 줄게, 하면서 입을 찢고, 안 예쁘다고 하면 죽여버린다는 괴담인데, 한때 반은 고양이고 반은 할머니 모습이라는 홍콩 할매 귀신처럼 아이들에게 두려움의 대상이었다. 아마 이것도 정체를 알 수 없다는 것, 그러니까 마스크 안의 모습을 알 수 없다는 인식 불능에 대한 두려움일 것이다.

물론 마스크는 얼굴을 모두 가리지는 않는다. 코와 입 주위를 가려, 쉽게 알아보기 어렵더라도 정체를 가릴 만큼은 아니다. 그럼에도 불구하고 마스크를 쓴 상태와 안 쓴 상태에는 어떤 괴리감이 있다. 흔히 '얼굴로 표현하는 것이 말로 하는 것보다 쉽다.'라고 하지만 마스크 아래서는 둘 다 모두 쉽지 않다. 표정을 살필 수 없으므로 진심을 알기 어렵고, 목소리가 잘 전달되지 않아 알아듣거나 이해하기가 쉽지 않다. 식별이 잘 안 되니 아는 사람을 그대로 지나쳐 오해를 사기도 한다.

그리고 모든 학생이 마스크를 쓰고 일제히 바라볼 때 순간적으로 그 학생의 개성, 고유성, 그만의 특성은 사라지고 그저 집단의 일원, 석고와 같은 사물, 하나의 하얀 점으로 보일 때가 있다. 얼굴의 마지막 남은 기호인 눈. 하지만 그 눈마저 안경으로 가려진다.

코로나 시대 마스크는 몰개성의 상징이자 우리를 괴롭히는 암호이다. 암호는 해독을 요구한다. 아마 그 해독은 마스크를 벗는 일일 테고, 바이러스가 사라진 청정한 공기를 숨 쉬는 일일 것이다. 아이들이 마음껏 얼굴을 내놓고 '나'라는 존재감을 드러낼 수 있는 날이 하루빨리 오기를.

* 한국문화예술위원회 '2021년 코로나19, 예술로 기록' 수록 작품

4부

진달래꽃과
시인 기질과

뒤란과 여적, 그 아늑하고 아득한

- 권덕하 시인의 『생강 발가락』에 부쳐

통도사에 홍매가 봉오릴 맺었다고 지인이 소식을 전해왔습니다. 매화꽃 한 번 보리라 벼르기만 하고 몸이 마음을 따르지 못하는 사이 문득 노랗게 산수유 피고, 진달래와 개나리 망울 터뜨리고, 목련도 몽글몽글 구름 꽃을 피워 올립니다. 남도의 붉고 노란 꽃소식을 선배님께 실어 보냅니다. 여전히 건강하시지요?

릴레이 편지를 선배님께 전하는 까닭은 봄이라는 계절이 주는 근원적 이미지 때문인 것 같습니다. 이원수의 〈고향의 봄〉이란 노래처럼 봄은 고향을 떠올리게 하는 계절이지요. 봄이 주는 따뜻하고, 아늑하고, 아득한 이미지는 고향이 주는 그것과 꼭 닮았습니다. 그리고 선배님의 첫 시집 『생강 발가락』에 실린 시들도 그처럼 아늑하고 아득하지요. 그래서 저는 이참에 고향에 대한 이야기를 하고 싶습니다.

고향이란 말 그대로 태어나고 자란 곳이지요. 저는 대전에서 태어나 대학을 졸업할 때까지 그곳에서 자랐으니 대전이 제 고향입니다. 그 고향을 떠나온 지가 햇수로 삼십 년입니다. 이제 고향에 머문 시간보다 고향을 떠나온 시간이 더 길어졌습니다. 하지만 고향은 '곳' 이라는 공간적인 개념만이 아니라, 태어나 자랐다는 의미에서 어린 시절, 유년이라는 시간적인 의미도 지니고 있는 것 같아요. 유년은 이미 지나가 버린, 이제는 닿을 수 없는 아득한 시간입니다. 물리적인 장소는 시간에 따라 변합니다. 삘기를 뽑던 야산은 허물어져 빌딩이 들어섰고, 물장구를 치던 하천은 복개되어 흔적조차 찾기 어렵습니다. 정지용의 「고향」이란 시처럼 "고향에 고향에 돌아와도 그리던 고향은 아니더라" 라는 상황이 발생하는 것입니다. 고향이 고향이 아니라면, 대체 고향은 어디일까요? 시에서는 고향이 고향이 아닌 지금의 상황을 "어린 시절 불던 풀피리 소리 아니고" 라고 하였으니 "어린 시절 불던 풀피리 소리" 같은 게 고향이 아닐까요? 그렇다면 분명 고향은 장소가 아닌 시간도 함의하고 있지 않을까요?

근대화가 인간의 의식구조에 미친 영향을 다룬 피터 버거의 『고향을 잃은 사람들』이란 책에서는 '아프리카인의 의식에는 서구 사상에서 발견된 것과 같은 미래라는 범주가 없다' 고 주장합니다. 미래에 가로놓여 있는 사건은 아직 발생하지 않았고 실현되지 않았기 때문에 미래는 사실상 없는 것이고, 따라서 그것은 시간을 구성할 수가 없다는 것이지요. 일단 사건이 발생하고 나면 그것은 이제 미래가 아닌 현재와 과거이기 때문에 실제적 시간은 '앞으로' 나가는 것이 아니라 '뒤로' 나가는 것이며, 사람들은 미래에 마음을 쓰는 것이 아니라 이미 발생한 것에 대하여 마음을 쓴다고 합니다. 이것이 바로 근대화 이전, 고향을 잃어버리기 이전의 시간의 의식구조였답니다. 그렇다면 필연적으로 고향은 과거, 즉 유년을 향할 수밖에 없겠습니다.

유년이란 부모의 품에서 보호받는 가장 안전하고 따뜻하며 아늑한, 세상의 손때가 묻지 않은 순박하고 순수한 시간입니다. 그 유년의 공간을 선배님은 '그리운 뒤란'이라고 표현하였지요. "내 몸에는 모른 체해 주는 뒤란 있어/ 눈물이 마음 놓을 수 있었다" 사람의 원체험은 어찌 이리 비슷한지요. 지금은 마음속에만 남아있는 저의 옛집에도 저런 뒤란이 있었습니다. 우리 집 뒤란에도 선배님네처럼 맨드라미 둘레둘레 심어진 장독대가 있었고, 장독대엔 주먹만 한 수정도 있었습니다. 저도 수정이 자란다고 해서 물을 주며 매일 들여다보곤 했지요. 고욤 대신 감나무가 있었고, 저녁이면 이내처럼 낮은 연기가 깔리는 굴뚝도 있었습니다. 엄마에게 야단을 맞거나 하면 그 굴뚝 옆 담벼락에 등을 기대고 서서 진달래와 삘기와 아그배가 지천인 뒷산과 뒷산 위에 나지막이 내려앉은 하늘을 바라보곤 했습니다. 그래서 “뒤란 사라진 몸/ 정처 잃고 잦은 슬픔에 먹먹하다/ 금간 오지그릇처럼 철사로 동이고 싶은 마음”에선 아, 하는 탄식이 절로 나옵니다. 이젠 돌아갈 수 없다는 안타까움과 그리움의 탄식입니다.

고향을 떠올리게 하는 선배님의 또 다른 시 「밤참」은 “비오는 밤 주점에서 서슥밥이란 말 들었다”로 시작합니다. 서슥은 ‘조’ 아닌가요? 서속이라고도 하고 서숙이라고도 하는 작은 좁쌀. 그 오래된 말을 선배님도 알고 계셨군요. 같은 시에 나오는 ‘이밥’이야 ‘이팝나무’로도 널리 알려져 쌀밥이란 걸 누구나 알겠지만, 서슥은 사실 좀체 쓰이지 않는 거의 화석화된 말이지요. 조밥은 찰기가 없어 혀에서 뱅뱅 맴돌다 까끌까끌 넘어갑니다. 왠지 서슥서슥한 느낌이 듭니다. 그뿐인가요. 선배님의 시에는 ‘동부’도 등장한답니다. “동부밭에 쇠비름 자라듯 잔 걱정만 인다” 그저 콩이나 팥이 아닌 동부. 이 길쭉한 꼬투리의 콩과식물을 우리 밭에도 심었었지요. 채 익지 않은 동부 꼬투리를 툭툭 부러뜨리며 놀던 기억이 납니다. 동부밭에서 쇠비름을 뽑아 ‘각시방에 불 켜라 신랑 방에 불 켜라’ 하면서 그 뿌리를 문지르면 뿌리가 빨갛게 물이 듭니다. 모두 다 아득하고 그리운 시간입니다.

하지만 아득하고 그리운 건 시간뿐이 아닙니다. 사투리. 그 구수하고 유장한 충청도 사투리 말입니다. “가을에 혈육 두고 와

눈 붉어진 열매들 사이 설레며 오가는 살점을, 나는 여적 첫눈이 라 부른다" 아, '여적' 이란 말을 「첫눈」이란 이 시에서 만나다니요. '여적' 이라 하면 우리 충청도에선 '여태까지, 지금까지' 보통 이런 뜻으로 쓰이는 말이지요. 늦게까지 깨어 말똥말똥 눈을 뜨고 있으면 '너 여적지 안 자고 뭐 하냐?' 하는 걱정 어린 잔소리에 묻어오는 말. '장에 가신 엄마는 왜 여적 안 오신댜?' 하는 기다림이 담긴 말. 그동안 까마득히 잊고 지낸 이 '여적' 이란 말이 문득 고향에 대한 지독한 그리움을 일깨웁니다.

사실 대전이야 경부선과 호남선이 만나는 교통의 요지이고, 그래서 전국 각지에서 사람들이 모여들기 때문에 특별히 사투리랄 것도 없을 것 같았는데, 이렇게 떠나오니 그 미묘한 어감의 차이를 알 것도 같습니다. 대전에서 기차를 타고 내려오면 추풍령 부근에서 사투리가 섞이기 시작하지요. 느리고 유순한 충청도 사투리와 다소 억세고 성조가 느껴지는 경상도 사투리가 서금서금 섞이다 완연히 경상도 땅으로 들어서게 됩니다. 삼십 년 가까이 살다 보니 제 말투에도 경상도 사투리가 배어들었는지 대전에 가면 경상도 사람 다 됐다 하고, 울산에선 여기 사람 아닌 거 같다며 고향을 묻습니다. 오래전에 제가 쓴 시 중에 "내가 그리워한 것은 그대가 아닌 그대 목소리였다"는 구절이 생각납니다. 서슥밥도 그렇고 여적도 그렇고, 같은 말을 이해하고 쓴다는 것은 엄청난 동질감을 주지요. 그 동질감이 바로 고향이 주는 아늑함 아닐까요? 그렇다면 여적 고향에 남아계신 선배님은 행복하시겠습니다. 켜켜이 쌓인 지층처럼 기억의 층이 쌓여있으니까요. 마을 입구를 지키는 늙은 팽나무가 누군가의 성장과 성혼과 득남과 이농 혹은 귀농, 죽음 등 무수한 영고성쇠를 지켜보듯, 선배님도 고향의 변모를 지켜보고 기억 저 깊숙한 곳에 새겨 넣고 계실 테니까요.

그런데 앞으로 이러한 고향에 대한 이미지는 어떻게 달라질까요? 제가 받은 릴레이 편지 말미엔 바둑 기사 판후이와 대국을 해서 모두 이긴 알파고란 인공지능에 관해 이야기하고 있었습니다. 마침 선배님께 편지를 쓰고 있는 지금, 알파고가 이세돌 구단을 상대로 4승 1패로 이겼다는 소식이 들립니다. 그리고 언론은 곧바로 인공지능의 미래에 대해 온갖 기사를 내보내고 있습니다. 좋든 싫든 앞으로 언젠가는 인간과 기계가 공존하는 시대가 오겠지요. 그림을 그리는 딥드림, 작곡을 한다는 쿨리타 등 벌써 예술계를 기웃거리는 인공지능 이야기가 나옵니다. 시는 어떨까요? 앞으로 시를 쓰는 기계가 나올까요? 그 기계는 고향을 어떻게 인식할까요? 인간이 고향에서 맛본 여러 가지 경험과 그때의 느낌을 데이터로 바꾸어 입력하면 인공지능도 고향에 대해 인식할까요? 아니, 고향이 주는 느낌을 데이터화 할 수는 있을까요? 기계도 뒤란이 주는 코끝이 찡한 그리움을 느낄 수 있을까요? 여적이란 말이 주는 그 아득한 느낌을 알 수 있을까요?

미래의 세상이 어떻게 펼쳐질지 알 수 없지만, 얼마만큼 편리해지고, 인간이 기계화되고 기계가 인간화될지는 알 수 없지만 왠지 고향이 주는 느낌은 그냥 그 자체로 고유할 거란 생각이 듭니다. 설령 기계가 그렇게 느낀다고 해도 그건 자신이 직접 겪은 게 아닌 주입된 느낌일 테니까요. 그런 의미에서 비록 고향을 떠난 지 오래지만, 저도 행복하다는 생각이 듭니다. 아득히 고향 그리운 날 꺼내어 볼 수 있는 뒤란이 있으니까요. 그 뒤란을 저도 여적 간직하고 있으니까요.

언젠가 대전에 가서 선배님을 뵙게 된다면 유년의 원체험들에 대해 말씀 나누고 싶습니다. 밖에는 봄을 재촉하는 비가 내립니다. 이 봄비가 고향의 꽃들도 흔들어 깨우겠지요. 다가오는 봄에도 늘 건강하시길 빕니다.

진달래꽃과 시인 기질과
- 내 시의 스승

양옥으로 바뀌기 전, 옛집에는 골방이 있었다. 큰오빠가 사용하는 사랑방에 딸린 작은 방인데, 거기엔 큰오빠의 책장이 있어서 일종의 서재 같은 역할을 했다. 주로 한국 대표 단편선, 게오르규의 『25시』 같은 소설들. 김소운의 『목근통신』 같은 수필들, 각종 문고본 등 문학 작품들이 꽂혀있었는데, 거기에서 내가 발견한 것이 김소월의 『진달래꽃』이다. 오빠가 고등학생이었으니 내가 초등학교 삼사 학년 무렵의 일이다. 그즈음 나는 학급문고에 비치된 계몽사판 세계명작동화에 빠져서 종종 밥 먹는 것도 잊고 정신없이 읽는 중이었다. 책이란 게 이렇게 재미있는 거구나. 나는 작가가 되기로 결심했다. 그리고 골방의 책장에 꽂힌 오빠 책들을 훑어보다가 두꺼운 표지에 세로로 인쇄된 작은 책을 발견하고 컴컴한 골방에 앉아 그 책을 다 읽었다.

내가 맨 처음 읽은 시집이고, 가슴 두근거리며 읽다가 눈물을 글썽인 시집이다. 무슨 뜻인지는 잘 몰랐지만, 뭔가 노래가 될 것 같은 리듬감이 좋았고, 마음을 울리는 슬픈 내용이 좋았다. 예컨대 "산산이 부서진 이름이여!"로 시작하는 「초혼」은 얼마나 슬픈 시인가. "허공중에 헤어진 이름이여!/ 불러도 주인 없는 이름이여!/ 부르다가 내가 죽을 이름이여!" '초혼'의 뜻도 몰랐지만 죽음을 표현한 시라는 건 충분히 느껴졌다. 나는 그 시를 거듭 읽어 아예 외워버렸다. 이것이 내가 시를 처음 만난 순간이다. 그때 내가 느낀 시란 바로 '두근거림'이었다. 그러니까 내게 시란, 문학이란 두근거림으로 다가왔다.

하지만 문학이란 것과 직접 대면한 것은 고등학교 때 문예부와 문학 동아리를 통해서이다. 문예부 선배인 박정실 언니가 '돌샘'이라는 문학 동아리를 소개하면서 같이 해보자고 데리고 간 것이다. 돌샘은 대전 시내 고등학생들의 문학 동아리로, 당시 대동에 있던 김성수 선생님의 댁에서 매주 토요일에 모여 합평을 했다. 나는 산문과 시를 모두 들고 갔는데, 정실이 언니가 너는 시가 낫겠다며 시 파트로 나를 소개하였다. 작가가 되어 글을 쓰겠다는 꿈은 있었지만, 딱히 시인이 되어야겠다는 생각은 해보지 않았는데, 그 이후로 자연스레 시를 더 쓰고 더 많이 접하게 되었다.

합평은 서툴지만 진지하고 치열했다. 매주 졸업한 선배들이 한두 분 오셔서 총평하고 조언도 해주셨다. 지금도 하얀 칼라와 감색, 혹은 검은색 교복을 입고, 방 안 가득 모여 손으로 베껴 쓴 작품을 읽으며 열띠게 의견을 나누던 동인들이 생각난다. 거기에서

까마득한 선배인 김백겸 시인과 동기인 윤택수 시인을 만났다. 당시 택수는 남다른 감수성을 갖고 가장 부지런히, 빼어난 시를 써서 자극을 많이 받았다. 내가 생각지 않던 시를 계속 붙들고 시와 함께하게 된 것도 택수와의 경쟁의식 때문일 것이다. 택수에 대해선 나중에 덧붙일 말이 있다.

대학에 입학한 뒤엔 김백겸 선배가 이끌던 '화요문학' 이란 동아리에 들었다. 아마 내 대학 생활의 두 축은 야학과 화요문학이 아닌가 한다. 야학은 당시 시청 뒤인 BBS 건물 지하에 있었고, 화요문학은 시청 근처인 성모다방에서 매주 화요일마다 모였다. 나는 야학에 정말 많은 애정을 쏟았다. 환기가 안 되어 늘 목이 텁텁하고 등사 잉크에 손이 까맣게 되어도 기꺼이, 즐겁게 수업했다. 고 윤중호 시인과 야학 교사 생활을 잠시 같이 하기도 했는데, 수업이 끝나면 교사들끼리 근처 막걸리 집에 몰려가 사람 사는 얘기를 안주 삼아 막걸리를 마시곤 했다.

화요문학은 어떤 면에서 내 시의 밑거름이라 할 만하다. 내가 입회하였을 땐 이미 졸업을 한 김백겸, 김정호, 양애경, 우진용 선배와 함께 임양묵(임우기), 남성수, 심상우, 김상배, 지원종, 권덕하 등 복학생 선배들이 포진해 있었다. 합평하는 작품 수는 고등학교 때보다 적었지만 논쟁은 더 뜨겁고 격렬했다. 논쟁은 주로 지금은 평론가이자 솔출판사 대표인 임양묵 선배와 전교조 충북지부장을 지낸 남성수 선배 사이에서 이루어졌는데, 한 치 양보도 없는 치열한 토론 배틀은 흥미진진한 긴장감과 지적인 충만

감을 주어서 나는 성모다방을 나온 뒤의 2차, 3차 모임까지 열심히 좇아다녔다. 그리고 선배들의 열띤 논쟁을 들으며 시와 삶에 대해 배워 갔다.

그때 황동규, 이성복, 조태일, 최승자, 김지하, 황지우, 김명인 시인의 시들을 읽었다. 엄혹했던 시절이라 신동엽의 서사시 「금강」을 복사해서 몰래 읽기도 했다. 이성복 시인의 『뒹구는 돌은 언제 잠 깨는가』가 준 충격, 황지우 시인이 『새들도 세상을 뜨는구나』에서 보여준 풍자, 최승자 시인의 『이 시대의 사랑』에 나타나는 도발, 그리고 김명인 시인의 『동두천』에 드러나는 비애. 그 가운데 나한테 가장 큰 울림을 주고, 이후 가장 많이 읽은 것은 김명인 시인의 시들이 아닌가 한다. 예컨대 「너와집 한 채」나 「소금 바다로 가다」와 같은 시.

하지만 졸업하고 10년간은 한 편의 시도 쓰지 않았다. 결혼 후 대전을 떠나 부산으로, 창원으로, 진주로 남편을 따라 남도를 떠돌다 마침내 울산에 닻을 내렸다. 친구나 지인들, 동인들과는 이미 연락이 끊겼고 나는 낯선 곳에 뿌리를 내리고 적응하느라 고군분투하였다. 옮겨 심은 나무가 한동안 몸살을 하듯 나는 많이 아팠던 것 같다. 그러다 문득 시가 터져 나왔다. 1993년의 일이다. 한 달 동안 대학노트 한 권 분량의 시를 썼다. 그건 속삭임, 중얼거림, 외침, 어쩌면 부르짖음이다. 지붕에 올라가 옷을 흔들며 복, 복, 복 떠도는 망자의 이름을 부르는 초혼이다. 아니, 시의 부활을 고대하는 초시이다. 나는 기간제 교사로 학교에 나가기 시작했고 거짓말처럼 병이 나았다.

대전에서 엑스포가 열리던 그해, 엑스포를 보러 갔다가 우연히 유달상 동인을 만났다. 그 일을 계기로 화요문학 선배들과 다시 만나고, 1994년부터 시작된 동인지 출간에 참여하게 되었다. 지금 화요문학은 해마다 《화요문학》이란 제호의 무크지를 발간하면서 출판기념회 겸 문학 세미나를 개최하여 대전 시내 문학계의 중요 행사로 자리매김하고 있다.

아, 이제 윤택수 시인 이야기를 해야 한다. 내가 한 해 늦긴 했지만 택수와 나는 같은 대학에 진학했고, 그가 입대하기 전 한동안은 학생회관 옥상에서 만나 읽은 책과 시에 대해 토론하기도 했다. 하지만 졸업을 하고 택수와도 소식이 끊겼다. 그러다 어찌어찌 연락이 닿아 1994년 초입, 광화문 찻집에서 택수를 만났다. 이전에 우리는 만날 때마다 늘 "작품 가져왔어?"라고 묻곤 했는데, 10년 만에 만나서 하는 택수의 인사가 "너, 작품 있냐?" 였다. 제대로 된 글을 쓰지 못하고 있던 그때의 참담함이란. 그때의 상황을 나는 「명명 축일을 지나며」라는 시에서 이렇게 표현했다.

> 졸업 후 처음 소식 듣고/ 광화문 찻집에서 만났을 때/ 너, 작품 가져왔냐며 십 년 세월/ 아무렇지도 않게 건너뛰던 친구/ 글 한 줄커녕/ 답답한 우리 역사 가르치며/ 정식 교단에 서는 데 목마르던 때/ 빈손이 부끄러워/ 학생회관 옥상에서/ 황동규와 휄더린을 얘기하던

/ 햇살 반짝이던 우리들의 2인 동인 시절/ 함께 추억하지 못했다

글라라라는 내 세례명을 듣고 "글 쓰며 랄라라 지내면 되겠네. 우리 10년 만에 만났으니 10년 후에 작품 갖고 다시 만나자."라고 말하는 택수와 악수를 하고 헤어졌다. 하지만 그 약속은 지켜지지 못했다. 새로운 밀레니엄 시대라고 들떴던 2000년에 택수는 학원에서 강의를 하던 중 뇌졸중으로 쓰러지고 2년간 투병 생활을 하다 세상을 떠났다. 나는 뒤늦게 그 소식을 들었으니, 광화문에서 만난 것이 마지막 만남이 된 셈이다. 약속은 지키지 못하게 되었지만 나는 10년 후인 2004년에 등단을 하였고, 그 일 년 전인 2003년엔 대학교 후배들에 의해 『새를 쏘러 숲에 들다』는 택수의 유고 시집과 『훔친 책, 빌린 책, 내 책』이란 산문집이 나왔다.(나중엔 소설도 발견되어 『벌채 상한선』이란 소설집도 출간되었다.) 등단은 하지 않았지만 택수는 이미, 아마 반듯한 모표의 고등학생 때부터 시인이었고, 그의 시집은 어느 시집보다 아름답고 감동적이다.

하지만 활자화된 시집 이전에 먼저 나온 시집이 있다. 학창 시절, 손으로 일일이 써서 복사해 스프링 제본을 한 『시인 기질』이란 시집. A4 용지에 비닐을 씌운 하얀 종이로 표지를 한, 세상에 몇 권 없을 그 시집을 택수가 떠난 뒤에 책장에서 발견하고, 택수체라고 표현했던 독특한 삐침의 글씨들을 보면서 나는 오래 가슴이 먹먹했다.

시인 기질. 이것 외에 택수를 달리 더 묘사할 말이 있을까. 그는 태생이 시인이었다. 시인의 눈빛, 시인의 목소리, 시인의 걸음걸이를 가진 친구였다. 검정 교복의 바지 주머니엔 늘 원고가 들어 있어서 언제든지 작품을 꺼낼 수 있었다. 그래, 그러니까 만날 때마다 "작품 가져왔니?" 소리를 했겠지. 그만큼 자신 있단 얘기지. 우리가 알게 된 지 한참 뒤에 택수가 "처음에 나는 네가 대단한 아인 줄 알았다."라고 말한 적이 있다. 내가 자기는 모르고 있던 '메타포'란 단어를 사용하더란 것이다. 그래서 나를 따라잡기 위해 엄청 많은 책을 읽었다고 했다. 나는 실소를 금할 수 없었다. "메타포라고? 지금도 잘 모르는 메타포를 그때 얘기했다고? 아마 잘난 척 좀 하고 싶었나 보다."

내가 서울에서 출판사를 다니다가 결혼하고 남도를 떠돌 때, 택수는 교사 생활을 접고 원양어선을 타거나 울산에서 노동을 하기도 했다고 한다. 광화문에서 만났을 때는 책 관련 잡지 만드는 일을 하고 있었다. 조금 지쳐 보였고, 벌써 머리가 빠지기 시작한다고 울상을 지었다. 서울에서 자기 한 몸을 가누기가 얼마나 어려운 일인가. 그때 미세하게나마 건강에 금이 가고 있던 것은 아닌지.

유고 작품집 출간 소식을 듣고는 바로 책을 사 읽었다. 고등학교 때 감탄했던, 훔치고 빌려서라도 내 것으로 삼고 싶던 빛나는 문장들이 여전히, 아니 더 서늘하게 반짝거렸다. 나는 어른이 된 택수를 잘 모른다. 그래서 그의 글을 읽을 때마다 그 옛날 돌샘

합평회 때 수줍게 웃으며 주머니에서 시를 꺼내 동인들한테 돌리던 단정한 교복 차림의 고등학생이 보인다. 학생회관 옥상에서 카잔차키스를 읽고 있다고 말하던 앳된 청년이 보인다. 세상의 풍파에도 시들거나 변하지 않는 기질적인 것. 흔히 타고났다고 하는, 시인 기질을 갖고 홀로 종이와 마주하며 치열하게 써 내려가는 고독한 한 영혼이 보인다.

등단 이후 세 권의 시집과 한 권의 산문집을 발간하였다. 특별히 사사한 스승은 없지만 골방에 숨어서 홀린 듯이 읽던 책들, 고등학교와 대학교 때의 문학 동아리 활동이 내 문학의 밑바탕인 셈이다. 그리고 가장 순수하던 한때 내 문우였던 윤택수 군의 한마디. "너, 작품 가져왔니?"

저녁의 뒷면

구름이 묽은 수프처럼 떠 있는 시간이다
그러니까 강가에서 바라보는 저녁은
수프와 대구 머리가 놓인 단란한 식탁을 향해
귀가를 서두른다 가장 푹신한 의자와
불가의 따스한 자리를 향해
새들은 전속력으로 숲으로 날아들고
강은 온몸을 끌며 내닫는 것이다

나는 먼 마을에 등불이 내걸리는 것을
꽃잎이 제 몸을 둥글게 말아
노란 등불을 감싸는 등피가 되는 것을 본다
거미가 알집을 껴안고 세계의 중심에서
가만히 웅크리는 것을 본다

수면을 치던 실잠자리가 날개를 접고

고요히 밤의 뒷면에 매달리는 것을 본다

감자와 대구의 살점을 헤집는 포크처럼

저녁이 오고 있으므로

저녁 안개가 살충제처럼

낮고 축축하게 살갗 속으로 파고들므로

오래 들끓다 식어가는 웅덩이 위에

고양이 눈빛 같은 별로 떠서, 저녁이

-「저녁」 전문

저녁은 우리에게 양면적 감정을 일으키는 시간대이다. 하루 일을 마치고 집에 돌아와 식구들과 마주 앉아 식사하거나 도란도란 이야기를 나누는 양의 시간대이자, 다가올 밤이 주는 공포로 인해 불안과 두려움을 느끼는 음의 시간대이기도 하다. 저녁은 밝음과 어둠이 합쳐지는 회색의 시간이자 밝음에서 어둠으로 이행하는 유동 지대이다. 그러므로 어둠 속에 홀로 남겨지는 것을 두려워하는 모든 것들은 안전한 곳을 찾아 최대한 빠르게 움직인다. 사람들은 식구들이 기다리는 집으로 걸음을 재촉하고, 새들은 보금자리를 찾아 날아든다. 심지어 강물조차 바다에 이르기 위해 빨리 내달리는 것 같다.

보금자리가 있는 것들은 보금자리를 찾아가지만, 몸을 움직일 수 없는 식물들은 어떨까. 꽃이랄지, 나무랄지, 풀잎 같은 것들. 그들은 제 몸이 보금자리가 되어 뭇 생명체를 받아들인다. 꽃잎 속엔 딱정벌레가, 나무엔 새들과 다람쥐가, 풀잎 뒤엔 실잠자리가 깃든다. 그리고 그 위에 저녁이, 어둠이 내린다.

밖은 어둠이 짙어지지만, 저녁 밥상에 둘러앉은 사람들은 따뜻한 불빛 아래 감사의 기도를 드리고 식사를 하기 시작한다. 그 식탁엔 왠지 감자와 대구요리가 있을 것 같다. 감자는 고흐의 〈감자 먹는 사람들〉이 주는 이미지이다. 고된 노동 끝에 감자를 먹고 차를 따르는 소박한 사람들. 대구의 이미지는 뭉크의 그림에서 가져왔다. 지난해 한가람 미술관에서 뭉크 전을 보았는데, 말년에 그린 〈대구 머리 요리를 먹는 자화상〉이 전시되어 있었다.

젊은 시절 뭉크는 어머니와 누이, 그리고 잇따른 아버지와 동생의 죽음으로 인해 극도의 불안과 정신적인 고통에 시달렸다. 〈절규〉 〈마돈나〉 〈사춘기〉 〈병든 아이〉와 같은 걸작이 탄생한 것은 그 시기이다. 뭉크는 결국 신경쇠약으로 인해 정신병 치료를 받게 된다. 하지만 치료 후의 작품들은 그 이전의 강렬함과 생동감이 느껴지지 않는다. 뭉크의 정신이 평범해졌듯이 작품도 평범해진 것이다.

〈대구 머리 요리를 먹는 자화상〉은 뭉크가 77세에 그린 작품이다. 식탁 위에 대구 머리 요리를 놓고 나이프와 스푼인지 포크인지를 든 뭉크가 앉아 있다. 배경은 푸른색과 녹색으로 칠해져 있다. 대구 머리는 퀭한 눈과 흰 색깔로 인해 왠지 해골 같은 느낌을 준다. 주목할 것은 뭉크의 시선이다. 뭉크는 요리를 보지도, 그렇다고 그림을 감상하는 관람자를 보지도 않는다. 화가의 시선은 요리 접시를 지나 식탁의 끝이나 맞은편 벽쯤에 해당하는 어떤 장소를 바라보고 있다. 골똘히 응시하는 것도 아닌, 뭔가 생각에 잠긴 표정이다. 자신의 일생을 파노라마처럼 되돌려 보는 것이지, 아니면 순간 떠오른 어떤 생각의 실마리를 더듬는 것인지. 그 표정은 바로 "오래 들끓다 식어가는 웅덩이" 같다. 뭉크는 그로부터 4년 뒤, 81세를 일기로 세상을 떠났다.

나는 시에서 뭉크를 암시하는 어떤 단어도 상징도 넣지 않았다. 〈대구 머리 요리를 먹는 자화상〉에서 '대구'를 따왔을 뿐이다. 그러니 이 시에서 굳이 뭉크를 찾을 필요는 없다. 다만 저녁이 주는 밝음과 어둠, 편안함과 불안 같은 양면적 감정을 드러내고자 했다. 단란한 식탁과 푹신한 의자, 따스한 자리와 포크와 살충제, 낮고 축축한 살갗의 충돌.

중고와 숭고

핸드폰 문자 기능이 고장 났다
ㅈ을 치면 ㅅ이나 ㅊ으로 바뀌거나
ㅇ과 ㅎ, ㄱ과 ㅋ, ㅂ과 ㅍ과 ㅃ이
제멋대로 얽힌다
겸손한 요청 뒤에 누구 '드림' 을 무심코 눌렀는데
'트림' 이 되어 보내진 걸 알고 화들짝 놀란다

중고나라에서 마음에 드는 물건을 보고 서둘러 전송한다
숭고나라에서 보았어요
파란 바다, 아니 파란 패딩을 자고, 아니 사고 싶어요
한 글자 한 글자를 띄 엄 띄 엄
패딩처럼 울퉁불퉁한 파도에 실어 보낸다

괜찮아, 고장 난 핸드폰처럼
오래된 것은 숭고하다
나는 숭고나라의 오래된 빵틀에서 빵을 굽는다
오래된 화로에 돋아난 풀을 바라보며
오래된 잭나이프를 꺼내든다

불과 뿔과 풀이 뒤엉켜 자라는
비와 피가 섞여 내리는
여기는 숭고한 나라
먼지를 털고 한 장 한 장
파랗게 잘 닦은 잭나이프를 보내드릴 테니
빛나는 꿈 목걸이를 보내주세요

-「숭고에 대하여」 전문

나는 물건을 대체로 오래 두고 쓰는 편이다. 한 번 물건을 장만하면 부서지거나, 고쳐 쓰기 어려울 정도로 고장이 나거나, 헐고 해져 보기가 안 좋을 때까지는 사용하는 편인데, 이는 내가 알뜰하거나, 자원을 아끼는 환경론자여서가 아니라 순전히 내 게으름과 귀차니즘 때문이다. 여행이나 공연, 영화 등을 위해 몸을 일으키는 것 외에는 집순이 기질이 다분하기 때문에 물건을 사러 나가기가 귀찮고, 물건을 고르기가 귀찮고, 흥정하기가 귀찮다. 그래서 한 번 산 물건은 속절없이 오래 쓸 수밖에 없다.

물론 새 물건이 주는 광택보다는 오래된 물건의 그늘을 더 사랑하는 편이기도 하다. 오래된 물건은 반짝거림이 사그라진 대신 차분하고 편안하다. 사용한 사람의 인품이나 성격도 읽을 수 있다. 그 흠집에서, 귀퉁이의 낙서에서, 은근히 남은 얼룩에서 물건의 내력이 엿보이기도 한다.

오랫동안 사용하던 폴더폰의 문자 기능이 고장 났다. 주변 사람들은 빨리 스마트폰으로 바꾸라고 성화였다. 하지만 신분증을 들고 가서 뭔가 서류를 작성하는 일이 귀찮고 번거로워서 차일피일 마루고 있었다. 그즈음 원석 팔찌에 흥미가 생겨 인터넷을 검색하다가 중고나라 사이트를 알게 되었고, 몇 가지 중고 물품을 구입하려다가 이런저런 어려움에 부닥치게 되었다. 숭고는 ㅈ이 자판에 쳐지지 않는 사정에서 비롯된 것이니 중고에 다름 아니다. 결국 이건 중고에 대한 이야기다.

하지만 숭고하다는 것은 사실 새로운 것이 아닌 중고의 것, 오래된 것에서 느끼는 감정 아닌가. 오래된 것은 시간의 시련을 견뎌낸 것이기 때문이다. 우리는 오래된 건축물들, 조선시대의 궁궐이라든가, 중세의 성당들에서 숭고미를 느낀다. 바흐와 헨델의 음악이나 도스토옙스키의 소설에서 숭고미를 느낀다. 이끼가 앉은 옹이투성이의 커다란 노목에서 숭고미를 느낀다. 고전이란 시간의 연단을 거쳐 그 존재를 드러내는 숭고한 것, 위대하고 존엄한 것이다.

나는 새 폰을 사지 않고 고쳐 쓰기로 마음먹었다. 하지만 마음

먹는 것과 수리 센터로 가는 것은 또 다른 일이다. 고치는 것조차 귀찮아서 미루고 미루던 어느 날, 휴대폰이 먹통이 되어 있었다. 방학이라 집에 내려와 있던 딸아이가 엄마의 귀차니즘에 반기를 들고 예고도 없이 스마트폰으로 교체해 버린 것이다.

붉은 등처럼 진달래꽃이

시월에 진달래꽃이
부르카*를 벗은 어린 소녀의 얼굴처럼 피었다
등산객들이 긴 장례 행렬처럼 지나갔다
어쩌자고 진달래꽃이 하며
누군가 혀를 찼다
관목의 잔가지를 부러뜨리며 다가오던 누군가의 손이
툭, 꽃송이를 쳤다
우윳빛 피가 솟구쳤다
누군가는 황급히 검은 부르카를 펼치고
떨어지는 목을 받았다
입술이 붉었다
누군가는 서둘러 스마트폰을 꺼내
꽃받침에 붙어 있는 머리칼처럼 긴 혀를

정성껏 찍어 전송했다
누군가 털썩 주저앉은 옆으로
등산객들이 끊임없이 가을 산으로 가고 있는
참 평화로운 아침이었다

* 이슬람 여인들이 입는 전신을 가리는 옷. 2012년 10월 9일, 여성에게도 교육받을 권리가 있다고 주장하던 파키스탄의 14세 소녀 마랄라 유사프자이가 탈레반이 쏜 총에 맞아 중태에 빠졌다.

- 「어쩌자고 진달래꽃이」 전문

2012년 10월에 포항의 어느 산에 오른 적이 있다. 10월인데도 날씨는 초겨울만큼이나 쌀쌀해서 잔뜩 몸을 웅크리고 걷고 있는데, 길가에 핀 진달래꽃 한 송이가 눈에 들어왔다. 지구온난화 얘기가 들리기 시작한 이후 제철이 아닌데 피는 꽃을 보는 것도 드물지 않아 새삼스럽진 않았는데, 그날은 워낙 가을인데도 코끝이 시릴 정도로 추운 날이라 걸음을 멈추고 오래 들여다보았다. 가지도 벌지 않은 왜소한 관목에 왜소하게 핀 꽃이었다. 추위 때문에 꽃 색깔도 화사하기보다는 퍼렇게 얼어있는 느낌이었다. 더구나 길가에 바짝 붙어 피어 있어서, 등산객들이 오가며 건드리기라도 할까 봐 걱정되었다. 시월에 어쩌자고 진달래꽃이, 하며 탄식을 하다가 마침 떠오른 이미지가 파키스탄의 14세 소녀 마랄라 유사프자이다.

마랄라는 불과 11세였던 2009년에 '소녀들도 교육을 받아야 한다.'는 내용의 글을 영국 BBC 방송 블로그에 올렸다. 그 글에서 마랄라는 소녀들의 등교를 막고 학교를 부수며, 여성들에게 텔레비전, 음악, 심지어 쇼핑조차 금지하는 탈레반의 만행을 생생하게 고발하여 큰 반향을 불러일으켰다. 그 후 '가난한 소녀 학교 보내기' 등 어린이 인권 운동에 앞장섰는데, 이러한 마랄라의 행동을 못마땅하게 여긴 탈레반은 2012년 10월 9일 학교에서 돌아오는 스쿨버스를 덮쳐 총격을 가하고, 마랄라는 목과 머리를 관통하는 중상을 입었다. 다행히 마랄라는 영국으로 이송되어 치료받고 건강을 회복하였으며, 어린이들이 교육받을 권리와 어린이와 젊은이들에 대한 탄압에 맞서 싸운 공로로, 2014년에 가장 어린 나이로 노벨 평화상을 받게 되었다.

이 시는 마랄라의 생사가 불확실할 때 쓴 시다. 지구촌의 어느 곳에선 우리가 당연하게 여기는 권리를 위하여 목숨을 걸고 싸워야 한다. 그리고 지금 우리가 당연시 여겨 자칫 무관심해지기 쉬운 권리도 사실은 긴 시간 투쟁의 결과이다. 예컨대 여성 참정권도 '여성은 비논리적이고 변덕스러워 투표의 무거운 책임을 질 수 없다.'는 편견에 맞서 오랫동안 목숨을 걸고 싸워 얻어낸 것이다. 영국에선 1913년 에밀리 데이비슨이 여성의 참정권을 외치며 더비 경마대회에 참가한 조지 5세의 말 앞으로 뛰어들어 죽음을 맞이한 뒤, 1928년에야 참정권을 얻게 된다. 1789년 프랑스

혁명 당시 여성 혁명가 올랭프 드 구즈는 여성의 국민투표를 주장하는 벽보를 붙이다 체포돼 "여성이 단두대에 오를 권리가 있다면 의정 단상에도 오를 권리가 있다."는 절규를 남긴 채 단두대의 이슬로 사라졌다. 프랑스는 1944년에야 여성에게 참정권이 허용되었다.

지난 토요일엔 동부도서관 입구에서 활짝 핀 철쭉을 보았다. 12월에 철쭉이라니? 그것도 한두 송이가 아니라 한 그루 전체가 꽃을 피워 잎 진 나무들 사이에서 커다란 붉은 등처럼 타오르고 있으니 잿빛 풍경이 아연 환해지는 느낌이었다. 마침 2015년 12월 12일, 사우디아라비아에선 여성이 처음으로 투표를 하고 첫 여성 당선자가 나왔다는 소식이 들렸다.

온몸으로 온 힘을 다해

사각형 돌들을 박아 만든 주차장
돌과 돌 사이마다 풀이
잔디며 뚝새풀이며 마디풀 같은 것이 빼곡하다
살고자 하는 것들 저리 허공 휘저어 그어놓은 눈금
초록 분필로 그린 모눈종이 같다
빈틈없이 급급하다
땅을 고르고 돌을 놓을 때 어느 싹은
온몸 노랗게 되도록 벽을 긁다가
색을 거두고, 줄기를 거두고
한 점으로 오그라들어 깊이 단단해졌다
빛의 기억을 품고 지그시 어둠을 견뎠다
종일 내린 봄비가 햇살처럼 흘러넘칠 때
기억은 풍선처럼 부풀어

옆으로 옆으로 먼 길을 돌아 터져 나온다

돌과 돌 사이는 빈틈없이 급급하다

-「급급하다」 전문

시간이 얼마나 빨리 흐르는지, 가수 신해철이 세상을 떠난 지도 벌써 여러 해가 지났다. 46세. 아직 젊은 나이라 충격이 컸다. 더구나 의료 사고라니. 장국영이나 히스 레저의 죽음이 순수한 슬픔을 주었다면, 신해철의 죽음은 슬픔과 안타까움, 분노, 이런 복합적인 감정으로 속이 다 울렁거렸다. 어쩌면 살 수 있었는데, 노래로 더 많은 위안을 주고, 특유의 독설로 논쟁거리를 만들며 사유의 폭을 넓혀주었을 텐데. 신해철의 노래를 들으며 IMF의 힘든 시기를 견뎌냈던 세대들은 우리보다 더, 그 부재에 오래 가슴 아팠을 것이다.

신해철은 '마왕' 이란 별명에 걸맞게 대단한 존재감과 카리스마를 지닌 가수였다. 〈그대에게〉 〈일상으로의 초대〉 〈민물장어의 꿈〉 〈해에게서 소년에게〉 등 심금을 울리는 노래들이 많지만 나는 그의 〈날아라 병아리〉를 좋아한다. 거기엔 어린 생명의 죽음에 슬퍼하는 아직 어른이 되지 않은 소년 신해철, 아니 아이 신해철이 있기 때문이다.

작년인가, 어느 인터넷 커뮤니티에서 '살아오면서 자신에게 감동적인 말이나 문구는 무엇인가요?' 라는 질문이 올라온 적이 있다. 댓글 가운데 '현실에 급급하라-마왕 신해철, 제 인생을 송두리째 바꾼 한마디였습니다.' 라는 글이 눈에 띄었다. 신해철이 이런 말을 했는지는 모르지만, 과연 신해철다운 말이라는 생각이 들었다. 보통 현실에 최선을 다하라고 표현하지 않을까? 나아가 삶에 관해 얘기할 때 관조하라, 여유를 가져라, 즐기라고 조언하는 경우가 많다. 그런데 급급하라니. 그건 먹고살기에 급급하다, 잇속을 챙기기에 급급하다는 말처럼 대체로 부정적으로 쓰이는 말이다.

그런데 사전을 찾아보니 '급급하다' 는 '바삐 서둘러 다그치다.' 외에 '온통 정신을 쏟아 딴생각이 없다.' 란 뜻도 있었다. 그렇다면 현실에 급급하란 건 마치 김수영 시인이 그의 시론에서 시는 온몸으로 온몸을 다해 밀고 가는 것이라고 한 것처럼, 현실을, 그러니까 지금 이 순간을, 혹은 주어진 삶을, 혹은 환경을, 세대를, 온 힘을 다해 살아내라는 말 아닌가. 이건 최선을 다하라는 말보다 더 맹렬하고, 생동감 있고, 날것의 느낌을 주는 말이다. 현실과 내가 살얼음판 위에서 마주 선, 말 그대로 '직면' 한 상태의 날선 서늘함이 그 말에 있다. "눈물이 마를 무렵/ 희미하게 알 수 있었지/ 나 역시 세상에 머무르는 것/ 영원할 수 없다는 것을" 이란 〈날아라 병아리〉의 가사처럼 어린 시절부터 삶의 찰나성을 인식했다면 현실에 더 급급할 수밖에 없었으리라. 이후 '현실에 급급하라.' 는 늘 머릿속을 맴도는 말이 되었다. 특히 '급급하다' 는 말.

그러다 경주에 갔을 때 남산을 오르기 위해 산 밑 주차장에 차를 대게 되었다. 네모난 돌을 반듯하게 깔아 만든 주차장이었다. 늦봄이라 돌 틈마다 파란 풀이 빈틈없이, 빽빽하게 돋아있었다. 그래서 주차장은 너른 바둑판이나 모눈종이처럼 보였다. 돌 틈이 아니라 돌 밑에도 씨앗이 있을 것이다. 그 씨앗들이 싹을 틔우고 몸을 늘여 햇살과 공기를 찾아 돌 사이의 그 좁은 틈으로 와글와글 몰려든 것이다. 그때 '급급하다' 란 말이 떠올랐다. 살기 위해 저리 온 힘을 다해 버둥치는 것들. 삶 그 자체에 투신하는 것들. 아, 저 급급한 것들.

시를 쓰는 데 오래 걸리진 않았다. 아니, 거의 단숨에 쓰고 나중에 몇 구절을 고쳤다. 다른 의미로 '급급하게' 쓴 셈이다. 발표할 때 제목은 「돌 아래 풀」이었다. 하지만 이제 시의 실마리가 되었던 '급급하다' 로 제목을 바꾼다.

엿보기, 거꾸로 보기

'틈' 이란 말에는 ㅌ과 ㅁ을 가르는 ㅡ가 있다 나는 그것을 시라 부르겠다 그러니까 시는 장롱에 들어가 눕는 일이다 ㅡ는 이불과 베개 사이에 자리 잡은 어린 '나' 이다 앨리스는 나무 틈새로 미끄러져 들어가 모자 장수를 만나고 나는 이불 사이에서 무수한 이불 같은 구름을 만들어 구름 나라 아이들과 논다 구름은 가볍고 따뜻하고 졸리다 그리고 눈을 떴을 때, 장롱 속에 웅크린 어둠이 등을 쓸고 지나가던 그 공포의 순간이 시였을까 그러니까 시는 틈새에 손을 집어넣는 것이다 그 손에 무엇이 닿을지 서늘한 어둠의 입자를 집요하게 살펴보는 일이다 바위틈에 자리한 새 둥지에 손을 넣어 알을 꺼낸 적이 있다 이불 틈에 넣어 둔 알의 두근거림과 내 심장의 두근거림이 마구 공명하던 어느 날이다 알은 날개를 갖지 못하고 내 심장은 죄책감으로 빨개졌다 그때 쏟아 낸 울음이 시였을까 문틈으로 눈을 대고 밖을 바라보는 일 다시 밖으로 나가 눈을 대고 안을 바라보는 일 밝음과 어둠은 함께할 수 없다 밝음 쪽에서 어둠과 어둠 쪽에서 밝음을 서로 바라볼 뿐 눈이 시려 왔던 그 밝음과 어둠의 한나절이 시였을까 베란다에 서서 초승달을 본다 초승달은 어둠과 어둠 사이의 ㅡ이다 사실 저 초승달은 하늘 뒤편에서 이편을 엿보는 거다 어둠 속에서는 초승달과 하늘이 전도된다 앨리스는 초승달을 타고 올라간다 손을 들어 달을 잡아 본다 거기 시가 있다

-「틈」 전문

세 번째 시집 『만 개의 손을 흔든다』에는 시에 관한 시가 몇 편 실려 있다. 그중 「매달린 것들 1」은 유리산누에나방의 고치를 보고 쓴 시이다. 연두색의 고치를 보고 "시의 안쪽에 거꾸로 매달려서"란 시구를 건졌다. 건조대에 매달린 과메기를 보고 쓴 「매달린 것들 3」에는 "시를 쓰려면 사물을 전도시켜 보아야 한다니/ 어족의 세계에서 과메기는 시인 기질을 지녔다"는 표현이 나온다. 이 시를 쓸 때 나는 전도, 거꾸로, 새롭게, 다르게, 낯선, 이런 것에 몰두했던 것 같다. 어렸을 때 다리를 벌리고 고개를 숙여 가랑이 사이로 보던 세계는 얼마나 재미있었는지. 운동장 끝에 하늘이 성큼 다가오고, 거기 구름이 미루나무 꼭대기에 쏟아질 듯 걸려있다. 아니, 나무가, 산이, 집이 거꾸로 하늘로 풍덩 빠지는 것 같았다.

「틈」이란 시도 새롭게 보기에 관한 시이다. 어린 시절 숨바꼭질을 하거나 식구들한테 서운한 일이 있을 때면 가끔 장롱 안에

들어가 숨곤 했다. 어둠 속에 두근거리고 있다가 아무도 찾으러 오지 않아 슬그머니 문을 조금 열어보았을 때, 어둠을 가르는 세로줄의 틈 사이로 보이던, 콩기름을 먹여 반질거리는 장판과 맞은편의 벽장문, 창틈으로 들어오는 햇살 속에서 춤을 추던 먼지들. 모두 어디로 갔는지 아무 소리도 들리지 않고, 텅 비어 시간이 정지된 것 같은 기이한 느낌. 그러다 깜빡 잠이 들었다 깨어났을 때 방 안은 이미 어둠살이 내려 새벽인지 저녁인지 모르게 되고, 그동안 나를 감싸주던 따뜻한 이불과 어둠은 갑자기 혼돈과 공포의 대상이 되어 소리를 마구 질러댔다.

장롱 안에서 장롱 밖을 보거나 장롱 밖에서 장롱 안을 보거나, 틈으로 바라본 세상은 낯설고 놀랍다. 그 놀라움을 위해 우리는 창호에 구멍을 내고 내다보거나 들여다본다. 벽틈에 얼굴을 들이대고 바늘구멍 사진기에 눈을 맞춘다. 사진기에 맺힌 상은 전도되어 있다. 그리고 초승달. 마치 하늘에서 우리를 엿보기 위해 낸 좁은 틈새 같은 달.

틈은 우리를 관음의 세계로 이끈다. 좁은 틈으로 바라보기 위해서는 더 자세히, 더 골똘히 보아야 한다. 머리를 아래로 하고 거꾸로 보거나, 이편에서 저편을, 저편에서 이편을 엿보다 일어나는 낯섦과 매혹. 시에 대한 요즘 생각이다.